ROYCE BUCKINGHAM

Fiese Finsterlinge

Buch

Um seine Schützlinge vor dem Dämonenfresser zu retten, hat der junge Dämonenhüter Nate sie in die Freiheit entlassen. Nun fallen die frechen Finsterlinge über Seattle her. Bücherwürmer stürzen sich auf die Bibliothek und fressen die Buchstaben, ein Rostdämon befällt ausgerechnet das Lieblingsauto von Nates Nachbarn, und Statuen beschließen, endlich mehr am öffentlichen Leben teilzunehmen. Die Dämonenhüter Seattles tun alles, um das Chaos einzudämmen, das ihre Schützlinge anrichten. Da dringt ein riesiger Wasserdämon, der schon Nates Eltern ermordete, auf der Suche nach dem jungen Hüter in die Stadt ein. Doch auch Nate hat dämonische Verbündete – und er wird sie kaum davon abhalten können, dass sie ihm beistehen …

Autor

Royce Buckingham, geboren 1966, begann während seines Jurastudiums an der University of Oregon mit dem Verfassen von Fantasy-Kurzgeschichten. Sein erster Roman *Dämliche Dämonen* begeisterte weltweit die Leser und war insbesondere in Deutschland ein riesiger Erfolg. Mit seinem Roman *Die Karte der Welt* wandte er sich jüngst der epischen Fantasy zu und eroberte wiederum die SPIEGEL-Bestsellerliste. Zuletzt erschien die Fortsetzung *Der Wille des Königs*. Gemeinsam mit seiner Frau und seinen beiden Söhnen lebt Royce Buckingham in Bellingham, Washington. Er arbeitet zurzeit an seinem nächsten Roman.

Außerdem lieferbar

DIE DÄMONEN-SAGA:
Dämliche Dämonen (26574) · Mürrische Monster (26773) · Garstige Gnome (26850)

DER DUNKLE SCHLEIER:
Die Karte der Welt (26884)· Der Wille des Königs (26939)

Royce Buckingham

Fiese Finsterlinge

Roman

Aus dem amerikanischen Englisch
von Joannis Stefanidis

blanvalet

Die Originalausgabe trägt den Titel »Demonocity«.

FSC
www.fsc.org
MIX
Papier aus verantwortungsvollen Quellen
FSC® C014496

Verlagsgruppe Random House FSC® N001967
Das FSC®-zertifizierte Papier *Holmen Book Cream* für dieses Buch
liefert Holmen Paper, Hallstavik, Schweden.

1. Auflage
Taschenbuchausgabe November 2014
bei Blanvalet, einem Unternehmen
der Verlagsgruppe Random House GmbH, München

Umschlaggestaltung und -illustration: © Max Meinzold, München
Satz: Uhl + Massopust, Aalen
Druck und Einband: GGP Media GmbH, Pößneck
Printed in Germany
ISBN 978-3-442-26411-7

www.blanvalet.de

Prolog

Der Wasserdämon spürte die Zunahme des Chaos auf der anderen Seite des Ozeans. Verdünnt und fein zerflossen im endlosen Pazifik reichten seine Tentakel von den Küsten Asiens bis zu den Stränden Hawaiis. Doch die Versammlung der Dämonen in der fernen verregneten Stadt Seattle zog ihn an wie der Mond das Meer.

Er war gewachsen, seit er in Gestalt von Überschwemmungen und Unterströmungen in kleineren Meeresarmen, Buchten, Sunden und Süßwasserseen seine ersten Opfer gefunden hatte. Seither hatte er sich ausgedehnt und sich als Mahlstrom, Monsterwelle und andere Katastrophen auf hoher See ständig neu erschaffen. Sein Meisterstück aber war ihm vor Sumatra geglückt, wo er als gewaltiger Tsunami die mickrigen Menschen von den Stränden gespült hatte wie Treibgut und dramatische Vorstöße auf das Territorium seines elementaren Feindes, das Land, unternommen hatte.

In Seattle gab es noch etwas anderes – einen Jungen,

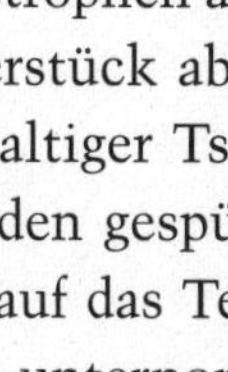

den er schon vor vielen Jahren hatte verschlingen wollen, aber dem die Flucht an Land geglückt war. Immer war es das Land, das seine Macht beschränkte. Nun aber war der Junge wieder auf dem Meer und nicht in den geschützten Wassern des Puget-Sunds, wo er ihn schon einmal gefangen hatte, sondern mitten auf dem Ozean, seinem natürlichen Lebensraum … seinen Jagdgründen.

Der riesige Dämon sammelte sich und zog seinen in die Ferne zerflossenen Körper zusammen. Er war ein geduldiges Wesen und kannte kein Gefühl, aber er hatte ein gutes Gedächtnis. Er würde den Jungen finden und die mehr als zehn Jahre zurückliegende Geschichte zu Ende bringen, und dann würde er nach Seattle weiterziehen und sich dem Chaos anschließen.

1. Kapitel

Chaos in Seattle

Das alte Haus auf dem Queen-Anne-Hügel mit Blick auf Seattles Innenstadt trug noch die Narben von Nates Kampf gegen den gigantischen Dämonenfresser. Mit seinem wurmartigen Körper hatte das Ungetüm den Putz und das Lattenwerk von den Wänden geschlagen, und übrig geblieben waren nur ein paar kleine unversehrte Erhebungen hier und dort. Die Türen fehlten, waren aus den Angeln gerissen. Das eingeschlagene Dachbodenfenster, der aufgerissene Gehweg darunter und der zerpflügte Garten kündeten von den nach draußen geschwappten Gewalttätigkeiten. Das Haus sah aus wie für den Abriss vorbereitet. Aber es wohnten immer noch zwei Dämonenhüter darin.

Lilli rollte sich aus dem Bett, zog einen Sarong über die jugendlichen Hüften und streifte ein Batik-T-Shirt über, dann trat sie ans Fenster des Schlafzimmers im ersten Stock, das sie von Nate, der vor einigen Tagen verschwunden war, übernommen hatte.

Sie vermisste ihn. Zwar hatte sie ihn kaum gekannt,

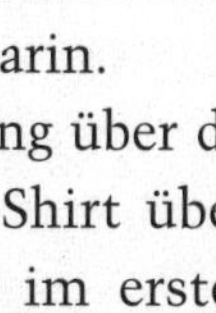

aber sie kannte ja ohnehin kaum jemanden, weil sie immer nur wenige Monate an einem Ort blieb. Selbst während ihrer Jahre in San Francisco war sie immer auf dem Sprung gewesen, hatte in Wohnungen und Häusern von Bekannten geschlafen, die sie netterweise bei sich aufnahmen, solange sie ihnen keine Probleme bereitete. Das hatte sie gelehrt, Auseinandersetzungen zu vermeiden. Ihre Freundschaften waren immer von begrenzter Dauer gewesen – die Art von Freundschaften, die einer plötzlichen, intensiven Verbindung entspringen oder die sich als peinliche Irrtümer erweisen. Sie war sich nicht sicher, in welche Kategorie Nate fiel, aber er war der einzige Dämonenhüter, dem sie bis dahin begegnet war. Genau genommen hatte sie nicht einmal gewusst, dass sie eine Dämonenhüterin war, bis er es ihr erzählt hatte. Nicht dass sie sich um den Job gerissen hätte. Bis sie Nate begegnet war, hatte sie sich einfach nur für ein bisschen seltsam gehalten … oder verrückt.

Lilli zog die Vorhänge auf. Unten in Seattle tobte das Chaos. Autoalarme brüllten, und Sirenen heulten in einem misstönenden Duett. Es gab so viele Notfallgeräusche, dass sie praktisch keine Bedeutung mehr hatten.

Ist ja gut, dachte sie. *Die Stadt ist im Ausnahmezustand. Wir wissen es ja.*

Lilli schüttelte den Kopf. Es gab nichts, was Seattles Einwohner tun konnten, die armen Ahnungslosen. Sie wussten nicht, womit sie es zu tun hatten. Die Dämonen liefen frei herum und stellten alles auf den Kopf. Nate hatte eine über viele Jahrhunderte zusammengetragene Sammlung durchtriebener Plagegeister auf die Stadt losgelassen. Das leibhaftige Chaos. Er hatte Tausende von Dämonen auf freien Fuß gesetzt, und jeder einzelne war eine Manifestation der Unordnung, ganz so wie der pummelige hellrosa Hilfsdämon, der ihr selbst gehörte.

Lillis Sarong veränderte seine Farbe, wechselte von Blau zu einem knalligen Rosa. Die Farbe floss in ihr T-Shirt hinauf, überdeckte das Batikmuster, und plötzlich erschien ein Augenpaar am linken Ärmel. Es schaute zusammen mit ihr aus dem Fenster.

»Hallo, Zoot«, sagte Lilli.

Zoot war ein visueller Dämon, eine Manifestation und ein Farbwandler. Er schälte sich aus dem T-Shirt-Stoff und nahm mit einem leisen *Plopp* eine dreidimensionale Gestalt an, dann stieg er auf ihre Schulter und rieb sich eines seiner übergroßen grünen Hörner. Er roch nach feuchter Farbe.

»Die Menschen sind auf dem Weg in die Anarchie«, sagte Lilli zu ihrem Hilfsdämon. »Und wir können nichts für sie tun.«

In Wahrheit wollte sie mit alledem nichts zu schaffen haben. Das allgegenwärtige Chaos brachte ihr Herz auf unangenehme Weise zum Rasen, selbst wenn sie nur aus der Sicherheit des alten Hauses darauf hinabblickte. Es reichte ihr schon, sich um die überlebenden Dämonen im Haus und um die Heimkehrer zu kümmern, die, nachdem sie festgestellt hatten, dass die Welt ihnen dann doch etwas zu feindselig war, nach und nach wieder bei ihnen eintrudelten.

Gleich am ersten Tag waren drei wandelnde Zierleisten, die die Wände der Eingangshalle geschmückt hatten, nach wenigen Stunden wieder zurückgekehrt. *Klare Sache,*

dachte Lilli, *wo sonst hätten sie auch hinsollen?* Im Laufe der Woche waren weitere Dämonen heimgekehrt, und andere hatte sie bei ihren kurzen Spaziergängen in der Nachbarschaft entdeckt. Ein Schaukelstuhl-Pärchen hatte traurig zusammengesunken in einer Gasse gestanden, durchnässt vom kürzlichen Wolkenbruch. Ihr Holz war übel verzogen, und sie waren nicht mehr putzmunter wie sonst, aber immerhin noch am Leben. Andere Manifestationen hatten nicht überlebt – eine halbe Straße weiter verunzierten die Überbleibsel zahlloser lebendiger Staubflusen den Gehweg, getötet vom selben Wolkenbruch. Hausgeräusche wie quietschende Türen und Phantomschritte, die im Freien nichts zu suchen hatten, hatten sich in der Gartenlaube versteckt gehalten. Als Lilli hineinlugte, hatten sie vor lauter Verzückung darüber, wieder einen menschlichen Zuhörer zu haben, einen solchen Lärm veranstaltet, dass Lilli und Richie Ohrstöpsel hatten benutzen müssen, als sie die Audiodämonen kurz darauf mit einem Mikrofon in ein Aufnahmegerät saugten.

Nein, beschloss sie, sie musste nicht die ganze Welt retten. Es reichte ihr, sich um ihren kleinen Zipfel davon zu kümmern.

Lilli zuckte mit den Schultern, zog die Vorhänge zu und fuhr mit der Arbeit an dem Wandgemälde fort, an dem sie dieser Tage malte. »Es ist nicht unser Problem«, sagte sie ebenso zu sich selbst wie zu Zoot. Sie wedelte mit der Hand, und die Farben veränderten sich, zerflossen und breiteten sich aus.

Unten flog die zusammengenagelte Sperrholzplatte auf, die ihnen als behelfsmäßige Haustür diente.

»Hallo«, erschallte die Stimme von Nates Freundin Sandy. Lilli fragte sich, ob die Jung-Bibliothekarin eigentlich überhaupt noch als seine Freundin zählte, wo er nun fort war.

»Hallooooo!«, rief Sandy erneut. Lilli ging zum oberen Treppenabsatz und blickte hinunter. Sandy trug ihre dicke Brille und einen Laptop. Sie atmete schwer und schnell, als ob sie soeben zum Haus gesprintet wäre – und genau das hatte sie ja getan.

»Hallooooo! Ist außer mir noch irgendein anderes dreidimensionales Wesen im Haus?«

»Hey, Sandy«, rief Lilli hinunter. »Lange nichts von dir gehört.«

»Die Telefone sind tot, die Straßen blockiert. Überall ziehen Gangs herum. Ich habe Kopf und Kragen riskiert, um herzukommen. Die ganze Stadt ist in Aufruhr. Und was tust du?« Sie deutete auf Lillis Hände, an denen Farbe klebte. »Malen?«

»Es beruhigt mich«, sagte Lilli.

»Wie kann man in diesen Zeiten so ignorant sein? Und wo steckt Richie?«

»Keine Ahnung. Sehe ich aus wie sein Bewährungshelfer?«

»Sehr lustig. Jemand muss sich um ihn kümmern. Ohne strenge Führung verwandelt Richie sich ruckzuck in einen dieser plündernden Rowdys dort draußen.«

In dem Moment platzte Richie herein, einen Fernseher in den Armen. Keuchend stellte er ihn ab und trat die Tür hinter sich zu.

»Lilli, guck mal, was für einen coolen Fernseher ich

habe!« Dann sah er Sandy und runzelte die Stirn. »Oh, hallo Sandy.«

»Richie! Woher hast du den Fernseher?«, herrschte Sandy ihn an.

»Reg dich ab«, entgegnete Richie. »Er lag auf der Straße rum, okay?«

Sandy warf erst Richie und dann Lilli funkelnde Blicke zu. »Seht euch an! Ihr seid die einzigen Menschen in der Stadt, die wissen, was im Gange ist.« Sie ruderte mit den Armen und tigerte in der Eingangshalle auf und ab. »Da draußen ist die Hölle los. An einer Bushaltestelle in Fremont sind vier steinerne Statuen, die dort seit einer Ewigkeit standen, in einen öffentlichen Bus *eingestiegen*. Die Haltegriffe an der Kletterwand bei REI schlüpfen den Kletterern aus den Händen – der Laden musste extra einen Kran kommen lassen, um die Leute runterzuholen. Und ihr kennt doch die Kaugummimauer am Pike Place Market, wo die Leute in einer Art ›Kunstprojekt‹ Kaugummis ankleben?«

»Klar«, erwiderte Richie.

»Nein«, sagte Lilli, »aber das ist eine der coolsten Sachen, die ich je gehört habe.«

Sandy schüttelte den Kopf. »Es ist aber nicht mehr cool, wenn die Kaugummis von der Mauer abspringen und die Leute durch die Straßen jagen, um sich an ihre Schuhsohlen und in die Haare zu kleben.«

Sie sah ernst und zutiefst besorgt aus, aber Richie konnte nicht anders, als zu lachen.

»Aber am schlimmsten ist«, fuhr Sandy fort, »in der Stadtbibliothek werden unter mysteriösen Umständen Bücher zerstört, und sie müssen gerettet werden!«

»Na dann, viel Glück«, sagte Richie.

»Ja, gutes Gelingen«, pflichtete Lilli ihm bei.

»Dann wollt ihr also hier herumsitzen und Bilder malen und in einen gestohlenen Fernseher glotzen?«

»Nun, das war der Plan für heute«, sagte Richie.

»Genau, und?«, fügte Lilli an.

»Ihr müsst etwas unternehmen!«, rief Sandy aufgeregt.

»Ich glaube, du verwechselt mich mit jemandem, der sich freiwillig meldet, um die Probleme anderer Leute zu lösen«, verkündete Lilli.

»Kümmert dich denn unsere Gesellschaft *überhaupt nicht*?«

»*Unsere Gesellschaft*?« Lillis Augen verengten sich. »Die hat sich auch nicht um mich gekümmert«, sagte sie. Es stimmte. Niemand hatte sich um sie gekümmert, als ihre Welt ein Tollhaus war. Sie hatte sich ihr Leben mit eigenen Händen aufgebaut, ohne fremde Hilfe. Auf ihrer Schulter setzte Zoot eine empörte Miene auf, zeigte sich solidarisch mit seiner Hüterin.

»Richie? Was ist mit dir? Jemand muss diese Dämonen unter Kontrolle bringen.«

Richie blickte betreten zu Boden. »Es sind zu viele«, murmelte er.

»Du könntest es wenigstens versuchen«, erwiderte Sandy. »Fang doch mit den kleinen an.«

»Vielleicht erinnerst du dich, unser Anführer ist vor einer Woche abgehauen und auf große Fahrt gegangen«, sagte er.

»Aber er hat euch beiden sein Amt überlassen.«

»Hat er nicht«, erklärte Lilli. »Er hat aufgegeben. Über-

lassen hat er uns nur dieses abbruchreife Haus. Wir sind nicht Seattles Dämonenhüter. Das war er.«

»Richie«, flehte Sandy ihn an.

»Aber ich hab doch gerade diesen coolen Fernseher besorgt.« Liebevoll klopfte er auf das große Gerät wie auf einen Schoßhund.

Sandy stampfte mit dem Fuß auf. »Ihr habt hier doch nicht einmal einen Kabelanschluss!«

»Außerdem hab ich keine richtige Ausbildung und kaum praktische Erfahrung«, fügte Richie hinzu.

»Was ist nur aus euch beiden geworden?«

»Die Probleme sind einfach zu groß für uns«, erklärte Lilli.

Richie nickte. »Es hat Jahrhunderte gedauert, bis eine ganze Reihe von Dämonenhütern die verrückten Dinger dort draußen eingefangen hatte. Was sollen da ein Straßenjunge, ein Bücherwurm mit Sehhilfe und ein schräges Hippie-Girlie ausrichten?« Er schaute von einem Mädchen zum anderen. »Nehmt's nicht persönlich.«

»Vielen Dank«, sagten Lilli und Sandy gleichzeitig.

»Hey, ihr wisst genau, dass ich diese Sachen nur nett meine, okay?«

»Ich wünschte, Nate wäre hier«, brummte Sandy. »Ich frage mich, wo er gerade ist.«

2. *Kapitel*

Auf Kollisionskurs

Die Sonne, die über den grünen Wassermassen des Nordpazifiks aufging, warf schillernde Lichtreflexe auf die Wellenkämme, wo sie hin und her sprangen wie magische Kakerlaken, die sich wegen des Erscheinens der gelben Glühbirne am Himmel eilig zerstreuten. Nate rieb sich die Augen und kletterte an Deck der WANDERER. Er zitterte, nach einer Woche auf See noch immer nicht an die feuchte Kühle des Ozeans gewöhnt. Seattle lag hinter ihm im Osten, Asien noch viele Wochen entfernt im Westen.

Gähnend stellte er sich ans Steuerrad, startete den Motor und setzte das kleine Boot in Bewegung. Die pazifische Strömung hatte die WANDERER in der Nacht gepackt und viele Kilometer vorangetragen, aber nun war die See ruhig und leblos. Es war ein bisschen unheimlich, und plötzlich sehnte sich Nate nach Gesellschaft.

»Nikolai! Pernikus! Zeit zum Aufstehen!«, rief er.

Nates dämonische Gehilfen versteckten sich irgendwo unter Deck. Er wusste nie, wohin sie sich verzogen, und

war immer noch überrascht, dass es ihnen gelang, sich auf dem kleinen Boot vor ihm zu verbergen, ausgerechnet vor ihm, einem Dämonenhüter. Andererseits hatten Dämonen sich jahrhundertelang vor den Menschen versteckt, und sie waren gut darin. Kail, der tückische Spalterdämon, hatte so große Angst vor dem Ozean, dass er schnellstmöglich wieder an Land wollte. Weil ein Spalterdämon nicht im Wasser überleben konnte, – er würde sich einfach in nichts auflösen –, hatte Kail sich in eine Holzplanke der Kajütenwand verdrückt und sich seit Tagen nicht gerührt.

Nate war sich nicht sicher, wo er war, und konsultierte den Kompass, der ihn normalerweise in die richtige Richtung wies, aber zuweilen auch Schabernack mit ihm trieb. Er begann, das Steuerrad eine Vierteldrehung nach links zu wuchten, und die WANDERER schwang langsam nach Backbord herum, um ihre Fahrt gen Westen fortzusetzen. Aber Nate verspürte ein herankriechendes Gefühl der Angst, als das Steuerrad sich immer schwerer drehen ließ. Das tote Wasser schien gegen das Ruder zu drücken, und eine solche Strömung hatte er noch nie erlebt. Seine Nackenhärchen sträubten sich, aber er wusste nicht, ob er Dämonen spürte oder ob ihn einfach die Aussicht ängstigte, die WANDERER könnte mitten auf dem Pazifik kaputtgehen, mit einer Monatsration Trockennahrung, fünf Kisten Wasser und drei widerborstigen Dämonen an Bord. Was immer es war, es war ein ungutes Gefühl.

Nate hegte Zweifel an seinem Entschluss, Seattle zu verlassen. Er hatte in seiner Aufgabe versagt und war nicht dortgeblieben, um das von ihm angerichtete Chaos wieder zu beseitigen. Er ließ das Radio mit Absicht ausgeschaltet, um nicht erfahren zu müssen, was in Seattle geschah. Den Dämon zu jagen, der seine Eltern getötet hatte, war ihm als ein angemessener Grund für seine Entscheidung vorgekommen, aber darüber hinaus war das Meer ihm auch als ein geeigneter Ort erschienen, um vor seinen Versäumnissen zu fliehen. Angesichts seines zunehmend unguten Gefühls gelangte er allerdings zu der Erkenntnis, dass ein Mensch wohl doch nicht so einfach vor der Unordnung in seinem Leben davonlaufen konnte.

Während er nach vorne blickte, ruckelte im Westen der Horizont. Nate legte den Kopf schräg. »Was zum Henker ist das?«, sagte er laut und schaute auf den Kompass. Seine Stimme schallte über den leeren Ozean. Er blickte wieder aufs Wasser und erkannte, dass es nicht der Horizont war, der sich bewegte, sondern das Meer. Es erhob sich, schwoll in der Ferne zu einer Wasserwand an.

Eine Monsterwelle!, dachte er.

Nate umfasste das Steuerrad. Er wusste genug, um zu vermeiden, dass die WANDERER breitseitig getroffen wurde. Hohe Wellen auf einer ansonsten ruhigen See konnten ein Boot umkippen. Aber noch während er das Boot in Richtung der ansteigenden Wasserwand wendete, sah er, dass es ohnehin keine Rolle mehr spielte. Die Monsterwelle strebte himmelwärts, wuchs auf zehn, dann auf fünfzehn Meter Höhe an, mit einer weißen Schaumkrone oben drauf.

Plötzlich traf ihn mit voller Wucht das Gefühl von Chaos. *Ein Dämon!* Das Gefühl war überwältigend und ließ ihn taumeln, so dass er sich ans Steuerrad klammern musste, um nicht hinzufallen. Nate hatte sich ausgemalt,

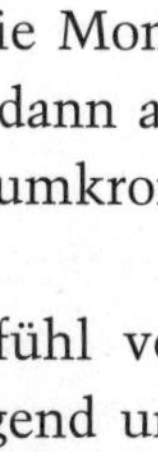

wie er den Wasserdämon zur Strecke bringen würde. Er wusste nicht, wie der Dämon aussah, aber er vermutete, dass er ihn erkennen würde, sobald er ihn gefunden hatte und seine Gegenwart spürte. Und jetzt spürte er ihn *wirklich*. Leider hatte der Dämon ihn *zuerst* gefunden.

Die Monsterwelle kam auf die WANDERER zugerast, und Nate erkannte, dass er keine andere Wahl mehr hatte. Falls die Welle das Boot von hinten traf, würde sie es versenken. Ein Treffer von der Seite würde es umwerfen. Er riss das Steuerrad mit aller Kraft herum und hielt nun direkt auf die Welle zu.

Die WANDERER tauchte in das Wellental ein, das sich vor ihr auftat, dann begann sie, trügerisch ruhig und gleichmäßig an der Wasserwand emporzusteigen. Das Boot schaffte es bis auf halben Weg nach oben, dann spürte Nate einen Moment der Schwerelosigkeit. Für den Bruchteil einer Sekunde waren der Schwung der WANDERER und die Schwerkraft gleich groß, dann stürzte die Welle herab und schleuderte das Boot zurück.

Nate spürte, wie es ihn von den Beinen hob, dann wurde er durch Luft und Wasser geschleudert. Er überschlug sich, ohne zu wissen, wo oben und unten war. Das Gefühl von Chaos war das intensivste, was er je gespürt hatte. Es umhüllte ihn, umschlang ihn. Er war im Innern des machtvollsten Dämons, dem er jemals begegnet war. Verglichen mit diesem Monstrum wirkte selbst das TIER klein und bezwingbar.

Dann spie der Wasserdämon ihn aus.

Nate fand sich in zwanzig Meter Höhe wieder, gen Himmel geschleudert wie eine Stoffpuppe. Aber in Wahrheit war es ein Glück, dass die Welle ihn nicht eingesaugt hatte, denn dann wäre er bestimmt ertrunken. Angesichts des langen Sturzflugs, der ihm nun bevorstand, hatte er allerdings nicht das Gefühl, Glück gehabt zu haben. Einen Moment lang hing er in der Luft, dann stürzte er der Wasseroberfläche entgegen.

Er sah nicht anmutig aus. Er krümmte und wand sich wie ein kümmerlicher Erdwurm, während er versuchte, nicht mit dem Kopf oder dem Bauch aufzuschlagen, und wie durch ein Wunder gelang es ihm tatsächlich, zuerst mit den Füßen ins Wasser zu tauchen. Nate sank tief ins kalte Nass und glaubte, nun elendig ertrinken zu müssen. Nachdem der Dämon vor zehn Jahren seine Eltern und beinahe auch ihn selbst getötet hatte, hatte er nun endlich auch ihn erwischt. Und er hatte dem Dämon nicht einmal einen guten Kampf geliefert.

Aber der Aufprall brach ihm nicht die Beine, und als er nicht mehr weiter in die Tiefe hinabsank, fühlte sich das Wasser um ihn herum ruhig und wohlwollend an, nicht aufgewühlt oder boshaft. Es war normales Meerwasser, wurde ihm klar, nicht der Dämon. Nate kämpfte sich zur Oberfläche, verblüfft, nicht längst tot zu sein. Vielleicht spielte das Ungetüm ja mit ihm, dachte er.

Er durchbrach die Wasseroberfläche und japste nach Luft. Das Meer ringsum war wieder unerklärlich ruhig. Er fuhr herum, um hinter sich zu schauen. Keine zehn Meter entfernt stand die wogende, schäumende Wasserwand, kam aber nicht näher. Sie ragte drohend über ihm auf, behielt ihre unmögliche Form. Nate starrte sie an, und sie schien zu ihm zurückzustarren, schien ihm in die Seele zu

starren. Ihre schiere Macht erweckte in Nate ein Gefühl von Bedeutungslosigkeit. Gleich würde sie ihn mit ihrem Gewicht unter sich begraben, genauso mühelos, wie sie ihn davor durch die Luft katapultiert hatte. Aber der Wasserdämon zögerte. Dann, ebenso unvermittelt, wie er erschienen war, entfernte er sich nach Osten und verschmolz mit den Tiefen des Ozeans.

»Puh«, machte Nate. Er merkte, dass er zitterte.

Eine lange Holzplanke stieß gegen ihn. Ein Wrackteil der WANDERER. Die Bruchstücke des Gefährts trieben ringsum im Wasser – hier ein Lukendeckel, dort ein Rettungsring. *Im Gegensatz zu mir ist Dhaliwahls Boot nicht auf den Füßen gelandet,* dachte Nate. Er klammerte sich an die Planke und ließ sich treiben. Von seinen Gehilfen fehlte jede Spur. Es gab ohnehin kaum etwas, was er für sie hätte tun können, außer zu hoffen. Aber er hegte ja nicht einmal Hoffnung für sich selbst, nicht mitten in der endlosen Weite des größten Ozeans der Welt. Es gab nicht einmal eine Strömung, die ihn in die Nähe einer Schifffahrtsroute hätte bringen können, wo es immerhin eine Eins-zu-einer-Million-Chance gäbe, entdeckt zu werden. Genau genommen schätzte er seine Überlebenschancen auf ungefähr null zu einer Million ein.

In dem Moment durchstieß, keine zwei Meter von ihm entfernt, eine kleine gelbe Plastikente die Wasseroberfläche.

Nate neigte den Kopf zur Seite. »Das ist aber seltsam«, murmelte er.

Die Ente war etwa so groß wie ein Ei. Ihr oranger Schnabel hing verdrossen herab. Ihre aufgemalten Äuglein waren schwarz auf weißem Grund, und sie starrten ihn an, als verlangten sie zu wissen, was er hier tat. Nate blieb nur wenig Zeit, um sich zu fragen, was die kleine Plastikente mitten im Pazifik zu suchen hatte, ehe die nächste Ente auftauchte und dann noch eine. Entnervt hangelte er sich auf die andere Seite der Holzplanke, während eine Plastikente nach der anderen die Wasseroberfläche durchstieß. Bald schon trieb ein Schwarm aus mehr als zwanzig gelben Entlein vor ihm. Anders als die erste waren die anderen hohläugig, und alle richteten sie ihren leeren starrenden Blick auf ihn. Dann tauchte die Anführerin im Wasser unter und verschwand. Der Rest folgte ihr mit leisen *Plip-Plip-Plip-Plip-Plip*-Geräuschen.

Eigenartig, dachte Nate, *selbst für meine Verhältnisse.* Er war mitten im Pazifik, irgendwo nördlich von Hawaii. *Eigentlich sollte es hier draußen hunderte von Meilen nichts geben und ganz bestimmt keine Plastikenten mit Eigenantrieb.* Er hatte von Frachtschiffen gehört, die bei Stürmen ihre Ladung verloren, lastwagengroße, mit Spielzeug gefüllte Container, die aufbrachen oder von Bord fielen. Er hatte sich immer gefragt, was aus den Sachen wurde, die im Meer landeten.

Aber während er aufs Wasser starrte, sah Nate, dass die Enten nicht allein waren. Eine Plastiktüte trieb an ihm vorbei, dann ein Plastikbecher und ein Feuerzeug. Nate beugte sich vor, tauchte das Gesicht ins Wasser und sah ein riesiges Gebilde aus Plastikmüll an ihm vorbeidriften.

Die Anführerin der Enten tauchte wieder auf, diesmal hinter ihm, und begann, die Holzplanke zu umkreisen. Ihre gelben Gefährten taten es ihr nach, zogen nun alle ihre Bahnen um ihn. Bald waren es zwei Dutzend grauenvoll

verblichener Plastikenten, die aussahen, als trieben sie seit Jahren unter der sengenden Pazifiksonne. *Plastikenten-Zombies,* dachte Nate. Sie schoben sich durch die Wrackteile und bildeten einen gelben Kreis, der ihn umschloss.

Nun wimmelte es an der Wasseroberfläche auch von anderem Plastikmüll. Er trieb nicht einfach dahin, sondern *bewegte* sich. Lebensmittelverpackungen, Puppenkleider, Brauseflaschen, alles Mögliche stieg an die Oberfläche und kam näher und näher, anscheinend im unheilvollen Bund mit den Enten.

Als der Müll ihn fast vollständig umschloss, versuchte Nate das Gewusel zu durchbrechen, indem er die Planke als Rammbock verwendete. Aber sobald er es tat, stürzte sich der Müll auf ihn wie ein Schwarm hungriger Haie, rammte ihn, zerrte ihn hinab und begrub ihn unter sich, bis nur noch Nates Hand aus der müllgefüllten See herausragte. Er bekam eine dahintreibende Plastikflasche zu fassen, dann zog es ihn vollends in die Tiefen des Pazifiks.

3. *Kapitel*

Farbenspiele

Sandy schob Lilli auf die Veranda hinaus und zog Richie am Arm hinter sich her.

Lilli blieb auf dem Rasen stehen, erstarrt wegen der heulenden Sirenen und kreisenden Blaulichter am Fuße ihres sicheren Wohnorts oben auf dem Queen-Anne-Hügel.

»Kommt wenigstens mit zur Bibliothek«, drängte Sandy. »Dort werden *Bücher* vernichtet.«

»Wen kümmert's?«, sagte Richie.

»Mich! Hör zu, wenn du mir hilfst, diesen einen Dämon einzufangen, stehe ich für immer in deiner Schuld.«

»Wäschst du dafür einen Monat lang meine Wäsche?«

Sandy verdrehte die Augen. »Meinetwegen, ja.«

»Na schön«, gab Richie nach. »Wie gefährlich kann ein Bücher fressendes Monster schon sein?«

»Ein Wesen, das Gedanken auslöscht?«, gab Lilli zu bedenken. »Womöglich ist es der gefährlichste Dämon von allen.«

»Ach was, bestimmt nicht«, sagte Sandy. »Und es ist nur ein paar Straßen entfernt.«

»Hey, Kinder, was habt ihr hier draußen zu suchen? Es ist lebensgefährlich!«, ertönte eine alte schnaufende Männerstimme.

Die drei wandten sich um und erblickten Mr. Neebor, der über einen Wellblechzaun lugte, den er um sein gesamtes Grundstück gestellt hatte, so dass der eigentlich hübsche Bungalow nun wie eine Militäranlage aussah. Nur Mr. Neebors kahler Schädel und seine hin und her wandernden, argwöhnisch blickenden Augen waren zu sehen.

»Was haben Sie mit Ihrem schönen Garten angestellt?«, entfuhr es Sandy.

»Ich habe ihn gesichert«, antwortete der Alte, als wäre ihre Frage ziemlich dumm. »Dort draußen sind sonderbare Dinge im Gange, falls ihr es noch nicht bemerkt habt. Unheimliche Dinge, beängstigende Dinge. Wesen, die man erst bemerkt, wenn sie einem schon im Nacken sitzen. Und wenn man darauf nicht vorbereitet ist…« Neebor machte eine Geste, als würde er sich die Kehle durchschneiden, worauf die drei zusammenzuckten.

»Wir müssen hinunter in die Stadt«, sagte Sandy. »Meine Arbeitstelle in der Bibliothek hängt davon ab.«

Neebor schob den ganzen Kopf über den Zaun, so dass sie sahen, wie sein missbilligender Blick sich vertiefte. »Ihr habt doch nicht einmal ein Auto«, sagte er.

Das stimmte. Lillis VW-Käfer war bei dem Zusammenprall mit dem Dämonenfresser zerstört worden. Nate besaß kein Auto. Und Sandys Volvo stand vor dem Haus ihrer Eltern, in einem Viertel, in dem es so viel Verkehr gab, dass man mit einem öffentlichen Bus schneller vorankam als im Privatwagen.

»Ich warne euch, auf den Straßen ist es nicht sicher.« Neebor setzte einen Soldatenhelm auf. »Bleibt besser hier.«

»Finde ich auch«, sagte Lilli.

»Wir gehen!«, rief Sandy und packte die Handgelenke ihrer Freundin. »Ich habe die beiden bereits überredet, und von dem bisschen Chaos da unten lassen wir uns nicht einschüchtern und in Einsiedler verwandeln.«

»Ich bin kein Einsiedler«, brummte Neebor. Dann huschte ein trauriger Ausdruck über sein Gesicht. »Oder doch?«

»Nein, natürlich nicht«, erwiderte Sandy hastig. »So habe ich es nicht gemeint.«

»Gut gemacht, Superhirn«, flüsterte Richie. »Den alten Mann mal schnell zu beleidigen …«

»Das mit dem Auto ist ein gutes Argument, Mr. Neebor«, sagte Sandy sanft. »Ich wünschte, wir hättens eins, aber leider ist dem nicht so.«

»Nehmt doch meins«, sagte Neebor.

Die drei starrten den Alten verblüfft an.

»Wirklich?«, fragte Lilli. »Sie würden uns Ihren Chevy leihen?«

»Was? Nein! Den würde ich nie hergeben, er ist mein ganzer Stolz. Ihr könnt meinen Ersatzwagen nehmen«, erklärte Neebor. »Er steht in der Garage, und ihr scheint ihn dringend zu brauchen.«

Er wandte sich zur Garage um. Nachdem sie sich achselzuckend angesehen hatten, folgten ihm Lilli, Sandy und Richie. Sie standen nebeneinander, während der Alte das Garagentor nach oben schob.

»Ich hatte geahnt, dass Sie ein weiches Herz haben«, sagte Sandy.

»Mag sein, aber erzähl es nicht herum«, murmelte Neebor. »Ihr könnt ihn haben, aber bringt ihn mir in einem Stück zurück, ja?«

Das Tor rollte nach oben, und die drei ließen enttäuscht die Schultern hängen. Es war ein uralter, komplett rosafarben lackierter Abschleppwagen mit einer riesigen Fußskulptur auf dem Führerhaus. An der Seite stand der Schriftzug *Lincoln's Toe Truck.*

Sandy stammelte: »Er ist ... er ist ...«

»Ein Klassiker«, sagte Neebor zärtlich. »Ich weiß.«

»Was für eine Schrottkarre«, murmelte Richie.

»Er sieht toll aus«, rief Lilli. »Ich finde ihn herrlich.«

»Und die Farbe erst«, fuhr Richie fort. »Ich lass mich in der Öffentlichkeit doch nicht in einem rosa Laster sehen. Er schaut aus wie aus dem Barbie-Katalog von anno dazumal.«

Zoot lugte aus dem Muster auf Lillis Rock hervor und versetzte Richie einen Hieb mit seiner rosafarbenen Faust. Richie fuhr herum und trat Lilli in den Allerwertesten, wo er ihren kleinen Hilfsdämon zu erkennen glaubte.

»Aua!«, rief Lilli.

»Alles in Ordnung?«, fragte Neebor.

»Ja, alles in Ordnung«, sagte Sandy. »Achten Sie nicht auf die beiden. Wir nehmen den Wagen. Vielen Dank.«

Kurz darauf saßen die drei im Führerhaus, Lilli hinterm Lenkrad. Sie fuhr, weil ihr Käfer einen langen Schalthebel gehabt hatte, genau wie Neebors Abschleppwagen. Außerdem wussten sie und Richie, das Sandy grauenvoll Auto fuhr, auch wenn sie es nicht offen aussprachen.

Sie ließen Neebor zusammengekauert hinter seiner Metallbarrikade zurück. Er schlug ihre Einladung, sie zu begleiten, aus, und Lilli hoffte, dass die Rostdämonen, die sie nahebei lauern sah, ihn in Ruhe lassen würden, solange sie unterwegs waren.

Die meisten der normalerweise gut besuchten Geschäfte in Belltown, das zwischen dem Queen-Anne-Hügel und der Innenstadt lag, waren an diesem Tag geschlossen oder hatten gänzlich dichtgemacht. Lilli kam sich vor wie in einem Kampfgebiet. Die Straßen waren leergefegt. Niemand war zu sehen … zumindest fast niemand.

Lilli, Richie und Sandy fuhren in dem rosafarbenen Abschleppwagen die Straße hinunter.

»Das ist so bescheuert«, meckerte Richie, kurbelte das Fenster herunter und schob den Kopf hinaus.

»Lass das lieber«, warnte ihn Sandy. »Ich habe gehört, dass Gangs und Durchgedrehte auf vorbeifahrende Autos schießen.« Sandy saß zusammengekauert in der Mitte der Sitzbank, drehte den Kopf von links nach rechts und wieder zurück, hielt nach Gefahren Ausschau.

»Ja, du kleiner Trottel«, sagte Lilli. »Rein mit dir.« Mit der freien Hand packte sie Richies T-Shirt und zog ihn vom Fenster zurück. »Hier drin ist es sicherer. Der Wagen ist ein Panzer.«

Es stimmte. Unter seiner rosafarbenen Lackierung war der Abschleppwagen ein metallener Koloss, dem man so schnell nichts anhaben konnte. Richie wollte den Wagen sogleich in DJF umbenennen – Dämonenjägerfahrzeug.

»Ich glaube, das ist der schönste Abschleppwagen, den es je gegeben hat«, sagte Lilli und strich über das alte Armaturenbrett. »Er hat Persönlichkeit.«

Richie schüttelte den Kopf. »Das Ding sieht aus, als hätte jemand aus rosa Knete einen Klumpfuß geformt und Räder drangehängt.«

Lilli beobachtete die leere Straße. Sie konnte viele der untergeordneten Dämonen erkennen, die überall aus den Gassen geflitzt kamen und an den Gebäuden entlanghuschten. Es erstaunte sie, dass so viele der Wesen in ein einziges Haus hineingepasst hatten. Selbst über die ganze Stadt verteilt wimmelte es nur so von ihnen. Aber es waren überwiegend die Kleinen und Ungefährlichen. Es waren die Hauptdämonen, die es aus der Welt der Menschen zu entfernen galt – Dämonen der ersten und zweiten Ebene. Lilli hatte sie nie kategorisiert, ehe sie Nate begegnet war, aber im Dämonenhüter-*Kompendium* standen ganz spezifische Angaben. Dämonen, die nur auf einen einzigen Sinn einwirkten, gehörten zur fünften Ebene, die auf zwei Sinne einwirkten zur vierten und so weiter bis hin zur ersten Ebene; diese Dämonen wirkten auf alle fünf Sinne des Menschen. Wahrscheinlich gab es noch andere, die den Sinnen innewohnten, die der Mensch nicht verwendete, *Zeit* zum Beispiel – Menschen lebten nur in der Gegenwart, während ein Zeitdämon sich theoretisch in der Erdgeschichte hin und her bewegen konnte. Sandy hatte ihr diese Theorie erklärt. Sie hatte das *Kompendium* regelrecht verschlungen, nur wenig gebremst durch die langwierigen Übersetzungsarbeiten, die nötig waren, um all die verschiedenen Sprachen in dem Buch zu enträtseln. Es war eines der nützlicheren Dinge, die ihre pedantische Freundin zur Dämonenhütersache beitrug, obwohl sie selbst kein Hüter war.

Der Abschleppwagen hielt mitten im Herzen des Belltown-Viertels an, und die drei starrten aus dem Fenster.

Alles war mit Graffiti bedeckt. Es war kein schöner Anblick. Keine leuchtenden Sonnen oder freudig grinsenden Gesichter. Stattdessen verunstalteten hässliche Schmierereien die Fassaden – hastig hingesprühte Spitznamen und Symbole der Leute, die diese Gemäuer für sich beanspruchten. Einige der Namen waren mit unheilvollen roten Linien durchgestrichen, und es gab Botschaften, die das Gebiet als Territorium verschiedener Gangs auswiesen. Sprüche, die Eindringlinge vor dem sicheren Tod warnten, vervollständigten das furchteinflößende Bild.

»Jemand sollte diese Schmierereien entfernen«, sagte Sandy und verzog angewidert das Gesicht.

»Sieh mich nicht so an«, entgegnete Richie. »Ich schrubbe keine Wände. Ich hab nur eingewilligt, bei der Bibliothekssache zu helfen. Außerdem sieht's so aus, als wären die letzten Leute, die sich an den Graffiti zu schaffen gemacht haben, *durchgestrichen* worden.«

Lilli runzelte die Stirn. »Kaum zu glauben, dass Menschen mit so unschuldigen Farben ein so hässliches Karma erzeugen.« Sie öffnete die Tür, um auszusteigen.

»Was hast du vor?«, fragte Richie.

»Ich meine, es ist doch nicht die Schuld der Farben«, fügte Lilli hinzu.

Sandy und Richie eilten ihr nach und hielten in alle Richtungen Ausschau nach Hinweisen auf Gefahr, während Lilli die Hausmauern anblickte.

»Das meiste ist reiner Vandalismus«, sagte sie. »Aber selbst inmitten dieses Chaos steckt einige Schönheit.«

Sandy stand in der Nähe des Sicherheit verheißenden Abschleppwagens. »Tatsächlich? Ich sehe keine.«

»Zoot, bist du da?«, rief Lilli.

Zoot nahm aus seiner Verkleidung als Rundschwanz-Seekuh auf Lillis Schulter eine dreidimensionale Gestalt an und rutschte an ihrem Arm entlang zu Boden. Er trat vor und verschmolz mit einer Ziegelsteinmauer voller Graffiti. Lilli bemerkte, dass Sandy Zoot sogar außerhalb des Hauses erkennen konnte. Es stimmte, dass ihre Freundin kein Hüter war und nicht die Fähigkeit besaß, Geschöpfe des Chaos in der geordneten Welt der Menschen zu erkennen. Aber die Dämonen wurden kühn, seit sie die Stadt übernommen hatten. Sie begannen sich zu zeigen, sogar Zoot.

»Schaut her«, sagte Lilli.

Sie wedelte mit der Hand, und Zoot begann, in zweidimensionaler Gestalt in den Graffiti herumzuschwimmen, auf der Suche nach kunstvollen Bildern. Bald erhellten sich bestimmte Stellen zwischen dem Gekritzel und Geschmiere. Sobald er auf ein verborgenes Kunstwerk stieß, breitete es sich aus, drang an die Oberfläche und überdeckte die Amateur-Schmierereien.

»Wow! Abgefahren!, rief Richie etwas zu laut. Seine Stimme schallte durch die leeren Straßen und hinein in Belltowns düstere Gassen.

Lilli bedeutete den von Zoot entdeckten Kunstwerken, zu ihr zu kommen, und sie gehorchten. Die schönen Bilder, die eben noch in dem hässlichen Durcheinander vergraben gewesen waren, glitten zur Mauerkante hinab und flossen dann über den Asphalt wie ein Schwarm hell leuchtender Mantarochen. Ihr intensiver chemischer Geruch erfüllte die Luft. Zoot watschelte neben ihnen her und lenkte sie auf Lilli zu wie ein Hund, der eine Schafherde vor sich hertreibt. Lilli ließ ihre geblümte Schultertasche am Arm hinabgleiten und hielt sie auf. Die Spray-Gemälde, Tintenzeichnungen und Kreidebilder strömten hinein.

»Gut gemacht, Zoot«, sagte sie. »Ausgezeichnet.« Sie wandte sich an Sandy und Richie. »Ich könnte die Bilder auch selbst von der Wand abziehen, aber Zoot braucht Bewegung, und er liebt es, sie zusammenzutreiben.«

Sandy betrachtete die Stellen, wo eben noch die Kunstwerke gehangen hatten. Nun waren es nur leere Flächen auf der Mauer. »Mensch! Du hast binnen Sekunden eine Menge Zeug entsorgt.«

Lilli klopfte auf ihre Tasche. »Ich habe nichts *entsorgt*. Ich habe Kunstwerke gerettet, die es wert sind, gerettet zu werden.«

»Und was ist mit dem Rest?«, fragte Sandy.

»Dranlassen«, sagte Richie. »Sind doch bloß irgendwelche Farbkleckse. Sie sind nichts. Und den Typen, die sie hinsprühen, würde es wahrscheinlich nicht gefallen, wenn wir uns daran vergreifen.«

»Moment mal!«, echauffierte sich Sandy. »Wir sollten auch den Müll von der Mauer runterholen, nicht nur eine Kunstsammlung starten. Wenn eine einzige Schmiererei dranbleibt, werden weitere folgen. Die Menschen werden sich nicht mehr in diese Gegend trauen, wenn es hier weiterhin wie in einem Kriegsgebiet aussieht.«

»Ja, Menschen wie ich. *Die da* würde ich auf keinen Fall anrühren.« Er deutete auf eine Reihe identischer Buchstabenfolgen.

»Genau. Das sind Gangkürzel«, erklärte Lilli.

»Stimmt«, sagte Richie. »Du siehst doch all die durchgestrichenen Namen. Es bedeutet, dass eine Menge Leute dafür gebüßt haben, auf diese Mauer zu schreiben, die schon jemand anderem gehört.«

»Genau das ist das Problem«, sagte Sandy. »Wenn man dem kriminellen Kodex nachgibt, überlässt man den Kriminellen das Feld. Lilli, würdest du die Buchstaben bitte herunternehmen?«

»Hast du nicht gehört, was der Junge sagt?«, rief eine raue Stimme in der Nähe.

Lilli, Sandy und Richie fuhren herum und sahen zwei dunkle Gestalten aus dem eingeschlagenen Schaufenster einer Ladenfront steigen. Der eine war rund wie ein Apfel, der andere spindeldürr. Beide waren jung und trugen Kapuzensweatshirts und Baseballkappen mit einem X vorne drauf. Sie kamen gegenüber vom Abschleppwagen auf die Straße. Ihr schlurfender Gang war eigenartig und ihre Klamotten so ausgebeult, dass darunter locker ein ganzes Waffenarsenal stecken könnte.

»Scheiße«, zischte Richie. »Gangmitglieder.«

Der fette Bursche krümmte seine knubbeligen Finger in drei Richtungen, machte ein Handzeichen, dessen Bedeutung Lilli nicht kannte. Er zeigte damit direkt auf sie. »Bist du hier, um dich zu unterwerfen, Puppe?«

»Wir haben keine Lust auf irgendwelchen Ärger, Mann«, mischte Richie sich ein.

»Ja, wir sind bloß vom Gemeinnützigen Reinigungsdienst«, sagte Sandy. »Mit, äh … Unterwerfen haben wir nichts am Hut.«

»Wir waren nur an einigen wenigen Kunstwerken interessiert«, sagte Lilli vorsichtig. »Den Rest haben wir nicht angerührt, deshalb braucht ihr uns auch nicht anrühren.«

Hinter den beiden Gangmitgliedern holte Zoot seinen Dreizack heraus und begann, die Buchstaben an der Hauswand zu übersprühen. Richie zuckte zusammen.

Der Fettwanst wandte sich zu Richie. »Was ist dein Problem, Furzbacke?«

Der Dünne tippte seinem Kollegen auf die Schulter. »Guck mal, Dickie.«

Dickie wandte sich um und sah, dass ihr Kürzel in leuchtendem Rosa mit den Großbuchstaben GRD übersprüht worden war. Zoot war längst mit der Farbe verschmolzen, versteckte sich darin.

»GRD?«, las Dickie verdattert ab.

»Gemeinnütziger Reinigungsdienst«, sagte der Dünne. »Mann, das sind diese Arschgesichter hier!«

»Zoot!«, rief Lilli.

»Wie hast du mich genannt, Puppe?«, fragte Dickie, während ihm die Zornesröte ins Gesicht stieg.

Als die Kerle zu Lilli herumfuhren, sprang Zoot aus den Farben heraus und setzte sein Werk fort. Sandy blickte auf. Lillis pinkfarbener Hilfsdämon hatte schnell die Wörter *Verpisst euch* angemalt.

»Du Idiot! Nein!«, rief Sandy.

Dickie funkelte Sandy an. »Jetzt nennst du mich auch einen Idioten, ja? Das war nicht klug von dir.«

Der Dünne schaute nach oben und sah das *Verpisst euch*. »Wie habt ihr das gemacht?«, wollte er wissen.

»Ist doch egal«, sagte Dickie. »Die drei sind tot.« Er

zog eine Spraydose heraus, während der Dünne Richie packte und festhielt. Dickie schüttelte die Dose kurz, dann sprühte er ihren Inhalt in Richies Gesicht. Richie krümmte sich schmerzerfüllt, rieb sich die Augen.

Lilli packte ihn und zog ihn von den Burschen fort, die nur lachend dastanden.

»Glaubt ihr, einen Dreizehnjährigen zu drangsalieren macht euch zu starken Männern?«, brüllte Sandy.

»Komm«, raunte Lilli ihr zu. Sie nickte in Richtung des Abschleppwagens und nahm Sandys Arm. Sie hatten gute Chancen, den Wagen zu erreichen. Aber Sandy setzte ihre Schimpftirade fort.

»Damit könnt ihr vor euren Kollegen prahlen, was?«, zeterte sie. »›Wir haben ein dreizehnjähriges Kind fertiggemacht. Echt cool.‹«

Lilli wich zum Abschleppwagen zurück, Richie im Arm, der noch immer nichts sehen konnte.

Sandy indes blieb stehen, richtete sich zu ihrer vollen Größe auf, plötzlich fuchsteufelswild. »Ihr seid keine Graffitikünstler. Ihr seid Schmutzfinken, Typen ohne Talent, die ihr Territorium markieren, indem sie ihre bescheuerten Symbole an Hauswände sprühen. Ihr seid wie Hunde, die Feuerhydranten anpinkeln.«

»Sandy«, flüsterte Lilli. »Ich glaube nicht, dass es ratsam ist, die Typen zu beleidigen.«

Sandy ignorierte Lilli, um die beiden Rowdys im Blick zu behalten. Es war schon schlimm genug, sie alle zu bedrohen, aber dass die Kerle sich am Jüngsten von ihnen vergriffen hatten, fand sie feige und unverzeihlich.

»Das da ist euer Kürzel, stimmt's, Fettwanst?«, rief sie

Dickie zu. Sie deutete auf die drei riesigen Buchstaben – ZDS –, die Zoot mit einer kreischbunten Linie durchgestrichen hatte. »Steht das für *Zu Dumm für Seattle*?«

»Falsch,« knurrte Dickie. »Es bedeutet Zerstört Die Stadt.«

»Oh, wie furchteinflößend«, sagte Sandy. »Mir schlottern die Knie.«

Sandys Unterhaltung mit den Schlägern gab Lilli Zeit, Richie zum Abschleppwagen zu führen. Sie bugsierte ihn hinein, war bereit, die Tür zuzuschlagen.

»Komm rüber, Sandy«, flüsterte Lilli. »Steig ein!«

Die Gangmitglieder traten auf Sandy zu, aber sie wich nicht zurück.

Lilli merkte überrascht, dass sie wütend auf Sandy und gleichzeitig wütend auf die Rowdys war. Es war ein verwirrendes Gefühl. Sie mochte keine Auseinandersetzungen. Zeit ihres einsamen Lebens hatte sie immer das Beste aus allem gemacht, hatte versucht, positiv zu bleiben und sich aus allem herauszuhalten. Leben und leben lassen. Allerdings hatte sie früher auch ein paar Gefährten gehabt, die ihr Trost spendeten – die sonderbaren Geschöpfe, die sie in den unentdeckten Nischen und Winkeln der Stadt auflas. Aber dann hatte der Dämonenfresser ihre Gefährten verschlungen. Als sie Nate kennen gelernt hatte, einen Jungen, mit dem sie so vieles gemeinsam hatte, hatte er statt ihrer lieber die pedantische Assistenz-Bibliothekarin als Freundin gewählt. Dann war er verschwunden und hatte sie – Lilli – mit seiner Freundin und einem leichtsinnigen Jungen zurückgelassen, für den sie sich nun plötzlich verantwortlich fühlte. Und diesem Jungen hatten die Gang-

mitglieder wehgetan, und wie es aussah, würden sie auch Sandy etwas antun.

Tja, Jungs, ihr habt euch leider den falschen Tag ausgesucht, um uns dreien über den Weg zu laufen, dachte Lilli, und dann tat sie etwas, was sie niemals für möglich gehalten hätte. Sie stellte sich zwischen Sandy und die beiden Rowdys.

»Wollt ihr mir auch Farbe ins Gesicht sprühen?«, fauchte sie. »Viel Glück.« Sie gab Zoot ein Zeichen, worauf der pinkfarbene Dämon zwischen den beiden Gangmitgliedern hindurchhuschte und in den Farben an der Wand verschwand.

»Klar doch«, sagte Dickie, griff in eine seiner ausgebeulten Hosentaschen und zog einen Holzpflock heraus. »Deinen kleinen Freund haben wir ja schon gekennzeichnet.« Er schlug den Holzpflock ein paarmal in die offene Hand. »Aber erst bekommt ihr beide eine Abreibung.«

»Auch wenn ihr Mädchen seid«, warf der Dünne ein.

»Dann ist Ritterlichkeit wohl ausgestorben, schätze ich«, murmelte Sandy Lilli zu.

»Hinterher kennzeichnen wir euch auch«, sagte Dickie. »Vielleicht mit einem großen X im Gesicht.«

Lilli deutete auf ihre Füße und hob dann die Hände, als würde sie etwas heraufbeschwören. »Wie wäre es, wenn ich zuerst *euch* kennzeichne?«

Vom Boden herauf verfärbten sich die Turnschuhe der beiden Rowdys pinkfarben, danach auch ihre ausgebeulten Hosen. Ohne dass sie es merkten, waren ihre unteren Körperhälften plötzlich komplett rosa.

Schließlich blickte Dickie an sich herab. »Was 'n hier los?«, entfuhr es ihm.

»Wie hat die Braut das gemacht?«, fragte der Dünne und versuchte sich die Farbe abzuklopfen. Sobald er seine Hose berührte, wurden auch seine Hände rosafarben.

»Scheiß drauf! Wir schnappen sie uns!« Dickie trat auf Lilli zu, rosa und rasend vor Wut. Nach einem Moment einfältiger Verwirrung folgte ihm der Dünne.

»Wir teilen uns auf!«, rief Lilli Sandy zu, fuhr herum und rannte in die nächstbeste Gasse, lockte die beiden Gangmitglieder fort vom Abschleppwagen und ihrer Freundin.

Die Rowdys ließen Sandy stehen und folgten Lilli. Aber sobald sie die enge Gasse betraten, veränderte Zoot die Farben ringsum, verrührte das trübe Sonnenlicht mit dem Rostrot der Ziegelsteinmauern. Lillis Verfolger verlangsamten ihre Schritte, sahen sich verwirrt um, aber dann begingen sie den Fehler, tiefer in die Gasse hineinzulaufen. Währenddessen kippte die Gasse plötzlich auf die Seite und stellte sich auf den Kopf, oder zumindest hatte es den Anschein. Die beiden Gangmitglieder rangen um ihr Gleichgewicht. Die Farben an den Hauswänden zerflossen zu einem rasenden, knallbunten Strudel.

»Was 'n jetzt los?«, fragte der Dünne.

»Mir wird schwindlig, das ist los«, sagte Dickie, dann geriet er ins Stolpern und rannte gegen eine Hauswand.

Sein dünner Kollege wollte die Flucht ergreifen, schaffte aber nur drei Schritte, ehe er auf Hände und Knie fiel und sich erbrach. Voller Entsetzen sah er, dass sein Erbrochenes hellrosa war, als hätte er eine ganze Flasche Pepto Bismol ausgespuckt.

Lilli kam aus dem Farbstrudel zum Vorschein und baute sich über den Schlägern auf. Sie sah aus wie die getuschte

Karikatur eines menschlichen Wesens, ihr Gesicht vage und verschwommen, ihre Kleidung wehende Flicken aus bunten Farben.

Ihr verwaschener Mund klappte sperrangelweit auf. »Verschwindet aus diesem Viertel«, befahl sie. »Und kommt nie mehr zurück.«

»Sonst was?«, fragte der Dünne, dessen dicker Kollege noch immer benommen neben ihm am Boden kauerte.

Lilli machte eine fließende Handbewegung. Die Farben wirbelten wieder im Kreis, diesmal ohne Zoots Zutun. Der Dünne übergab sich erneut, spuckte rosafarbenes Erbrochenes an eine Hauswand, die über einen Meter entfernt war.

»Ich glaube nicht, dass dein Magen sich für so was eignet«, sagte die Karikatur-Lilli.

Er rappelte sich auf und stolperte davon, ohne sich um seinen fetten Kompagnon zu kümmern, der sich gleichfalls erhob, seinem Freund hinterhertrottete und dabei mehrere Mülltonnen umstieß. Die beiden taumelten aus der Gasse auf die Straße hinaus und stoben davon, bis sie nur noch bewegte Punkte in der Ferne waren.

Lilli marschierte zur Straße zurück und deutete auf die hässlichen Graffiti, die zu Hunderten die Hausfassaden ringsum verunstalteten. Sie waren von Natur aus gemein und boshaft und sträubten sich mit aller Kraft, aber schließlich fielen sie von den Mauern ab und wurden durch Lillis Willen zu ihr herangezogen. Sie ging zu einer Mülltonne, nahm den Deckel ab, stieß die Tonne um und bedeutete den Graffiti, sich dort hineinzubegeben. Sie flossen über die Straße und hinein in die Mülltonne, ein steter

Strom aus bunten Symbolen, Kürzeln, Warnungen und obszönen Sprüchen.

Sie wusste, dass sie Triumph und ein Gefühl der Macht hätte verspüren sollen – sie hatte nicht gewusst, dass sie mit ihren dämonischen Trickbildern Menschen in die Flucht schlagen konnte –, aber vor allem fühlte sie sich erleichtert, weil die Auseinandersetzung vorüber war. Sie merkte, dass sie sich vor lauter Nervosität fast selbst erbrechen musste.

Sandy starrte ungläubig aus dem Abschleppwagen. Auf einer Länge von drei Straßenblocks waren alle Fassaden blitzsauber.

»Was ist mit den Schmierereien geschehen?«

Lilli hob den Mülltonnendeckel. Drinnen brodelte ein Graffitigewirr aus Spraydosenfarbe, Tinte und Kreide.

»Ich glaube, um diesen Abfall kümmern wir uns am besten zu Hause.«

»Dann ist unsere Arbeit hier erledigt«, sagte Sandy erleichtert. »Aber es war viel gefährlicher, als ich dachte. Und wir sollten Richie saubermachen.«

Richie hatte immer noch Farbe in den Augen und kauerte mit schmerzverzerrtem Gesicht auf dem Beifahrersitz.

»Oh mein Gott!«, rief Lilli, die plötzlich Schuldgefühle hatte, weil sie ihren angeschlagenen jungen Partner völlig vergessen hatte. Sie eilte hinüber, um ihm die Farbe aus den Augen zu entfernen.

4. Kapitel

Angespült

Der kleine giftgrüne Dämon Pernikus und sein gedrungener, blauer, sechzig Zentimeter großer Gefährte Nikolai zogen, zerrten, wuchteten und hievten Nate auf einen Strand aus sonderbar durchscheinendem Sand. Sie starrten auf ihren reglosen Hüter herab, dann sahen sie sich ratlos an.

Pernikus versuchte es damit, auf Nates Brustkorb zu springen und auf und ab zu hüpfen, aber es brachte nichts. Sein Körper war federleicht, so dass Nate sich kaum rührte.

Nikolai dagegen war ein Berg aus Muskeln. Er schlang die Arme um Nates Taille, schleifte seinen Hüter weiter an Land und drückte ihm dabei aus Versehen so kräftig den Bauch zusammen, dass Nate eine Ladung Salzwasser und Plastikmüll auf den eigenartigen Strand spuckte.

Er hustete und röchelte, während Pernikus einen kleinen Freudentanz aufführte, weil sein Meister nicht tot war. Dann warteten die beiden Hilfsdämonen ab, während Nate sich auf den Rücken rollte und zum Himmel emporblickte.

»Danke, Jungs«, stammelte er und setzte sich benommen auf. »Wo sind wir?«

Wrackteile der WANDERER trieben zehn Meter entfernt im seichten Wasser und wurden nach und nach an den Strand gespült. Nate nahm eine Handvoll Sand und betrachtete ihn. Er bestand aus winzigen durchsichtigen Plastikkörnern. Die ganze Insel schien daraus zu bestehen. Er nahm seine Umgebung in Augenschein. Die Insel war flach, hatte aber einige niedrige Erhebungen. Alles bestand aus schimmerndem Plastik und spiegelte das Sonnenlicht in gleicher Weise wider wie das Wasser, das die Insel umgab, so dass sie von weitem betrachtet praktisch unsichtbar war.

Nate stand auf. Der »Strand« war mit Plastikmüll übersät, ganz so wie das träge heranschwappende Wasser. Auch war die Insel recht groß, wie Nate nun erkannte. Wie groß genau ließ sich von seinem Standort aus schwer abschätzen, vielleicht anderthalb Quadratkilometer, aber sie war dick genug, um sein Gewicht zu tragen. Es war anzunehmen, dass sie unter Wasser noch viel größer war, überlegte Nate, so wie bei einem Eisberg.

Die WANDERER, so bemerkte Nate, hätte nicht vollständiger zerstört sein können, wenn in dem Boot eine Bombe hochgegangen wäre. Im Gegensatz zu Nate war es nicht aus dem Wasser katapultiert worden. Die Monsterwelle hatte das eigentlich robuste Gefährt mit voller Wucht getroffen. Nate schauderte bei der Vorstellung, was die Welle erst mit seinem Körper angerichtet hätte.

Während er sich umsah, verschmolzen Nik und Pernikus mit dem Strandmüll und waren plötzlich unsichtbar.

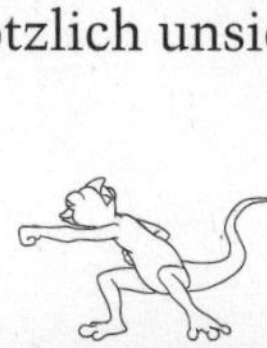

»Oh nein«, sagte Nate.

Einen Sekundenbruchteil später prallte ein mit Wasser gefülltes Plastikgeschoss gegen Nates Brust und schleuderte ihn rücklings zu Boden. Zum zweiten Mal binnen weniger Minuten schaute Nate in Rückenlage zum Himmel auf.

Eine Gruppe von vier Leuten in weißen Plastikkitteln kam heranmarschiert. Der Größte von ihnen hatte eine Apparatur um die Brust geschnallt, die aussah wie eine Mischung aus einem Kindertragegurt und einem Katapult. Der Mann war über zwei Meter groß und wog bestimmt hundertzwanzig Kilo. Er legte ein zweites Plastikgeschoss ins Katapult.

»Hinlegen, keine Bewegung!«, befahl er.

Nate stöhnte. »Ich liege doch schon.«

»Nicht aufstehen!«

»Ich *kann* nicht aufstehen«, versicherte ihm Nate und hielt sich die geprellte Brust. Er rollte sich auf die Seite, um einen besseren Blick auf die Neuankömmlinge zu haben. Es waren zwei Männer und zwei Frauen. Eine der Frauen war jung und zierlich und ziemlich hübsch. Die andere war groß und wirkte mürrisch und schien genauso beflissen, ihn in Schach zu halten wie ihre männlichen Kollegen. Als Nate sich bewegte, spannte sich der Hüne an, den Finger am Abzug des Katapults.

»Im Ernst, keine Bewegung«, sagte das hübsche Mädchen. »Diese Geschosse können dir den Kopf wegpusten.« Auch ihre Stimme klang ihm angenehm in den Ohren, bemerkte Nate, obwohl sie davon sprach, ihm den Kopf wegzupusten.

»Wo bin ich?«, fragte er, während sich der zweite Mann, ein drahtiger, sonnengegerbter Bursche, zu ihm herabbeugte und ihm Plastikpolizeifesseln um die Handgelenke schlang.

»Im Großen Pazifischen Müllstrudel«, sagte das hübsche Mädchen.

»Halt den Mund«, knurrte der Hüne. »Wir wissen noch nicht, ob wir den Angespülten behalten.« Er wuchtete Nate auf die Beine. »Du kommst mit«, befahl er unnötigerweise – er war genauso stark, wie seine Größe vermuten ließ, und Nate beschloss, dass ihm in der Angelegenheit keine andere Wahl blieb.

Der Drahtige packte seinen anderen Arm. Die mürrische Frau und das hübsche Mädchen nahmen jeweils ein Bein. Gemeinsam schleppten sie ihn ins Landesinnere der durchsichtigen Plastikinsel, fort vom Strand, fort von seinem zertrümmerten Boot und fort von seinen dämonischen Gehilfen, die mit sorgenvollen Mienen die Entführung ihres Hüters beobachteten.

5. Kapitel

Angriff der Rostdämonen

Neebor eilte mit stolperndem Gang, so wie alte Männer es tun, von einer einstürzenden Wellblechplatte zur nächsten. Zuerst liefen die Platten orangefarben an, dann erschienen gezackte Löcher in ihnen, und schließlich zerfielen sie zu Staub. Anfangs war es ein langsamer, fast unmerklicher Vorgang. Neebor hatte an seiner Metallbarrikade gestanden und mit zusammengekniffenen Augen die Straße beobachtet, hatte gespürt, dass irgendetwas im Gange war, ohne so recht zu wissen, was. Kurz darauf war, direkt unter seiner Nase, die Wellblechplatte dunkler geworden und hatte ihre Farbe verändert. Dann beugte Neebor sich vor und stieß seine Hand versehentlich durch einen orangefarbenen Rostfleck im Wellblech.

Bei der ersten Wellblechplatte hatte es mehrere Minuten gedauert, bis die Rostdämonen sie aufgefressen hatten. Nun aber, auf dem Höhepunkt ihrer Schlemmerorgie, fraßen sie sich in weniger als sechzig Sekunden durch eine Platte, ehe sie sich über die nächste hermachten. Genau genommen sah Neebor die Winzlinge gar nicht, nur das Resultat ihres unsäglichen Treibens. Ganze Abschnitte der metallenen Umzäunung stürzten unvermittelt ein oder lösten sich auf wie Zuckerwürfel im Regen; jedes Mal stand Neebor in seinem zunehmend ungeschützten Garten fassungslos davor, ehe er zu einem Abschnitt weitereilte, der noch stand.

»Ihr könnt vielleicht meinen Zaun kaputt machen«, brüllte er niemand Bestimmten an, im Glauben, der Feind verberge sich irgendwo auf der Straße, »aber ihr besiegt mich nicht ohne Kampf!«

Nur eine einzige Wellblechplatte stand noch, als er schließlich seine lange Schrotflinte holte, sie aufklappte und zwei Patronen in den Doppellauf schob.

»Kommt, holt's euch«, rief er und klappte die Flinte wieder zu. Er legte sich den Kolben an die Schulter und den Doppellauf auf die letzte noch stehende Wellblechplatte.

Und dann kamen sie. Ungesehen krabbelten sie zur Flinte hinauf wie ein Ameisenschwarm und schlugen ihre mikroskopisch kleinen Zähnchen in das polierte Metall. Neebor hielt noch auf der Straße nach einem Angreifer Ausschau, als der Doppellauf einfach abbrach.

Schutzlos rannte der Alte zur Garage. Auf dem Weg dorthin zerbröselte seine metallene Gürtelschnalle, und seine Hose rutschte ihm zu den Knien herab, so dass er plötzlich wie ein Pinguin durch die Gegend watschelte. Sein Brillengestell löste sich auf, und mit einem Mal sah er alles, was mehr als zwei Meter entfernt war, nur noch als verschwommene Fläche.

Taumelnd erreichte er den Chevy, seinen ganzen Stolz,

und tastete nach dem Türgriff. Der Wagen war uralt, und er hatte gehört, wie die Kinder sich darüber lustig machten, aber er hatte den Wagen immer liebevoll gepflegt, hatte alle fünftausend Kilometer das Öl gewechselt und den Wagen jedes Wochenende gewaschen und gewachst. Plötzlich hielt er den abgefallenen Türgriff in der Hand. Doch er hatte noch Glück, denn im nächsten Moment fiel die ganze Tür heraus. Er keuchte erschrocken und stieß einen leisen, traurigen Seufzer aus, aber es gelang ihm zumindest, noch in den Wagen zu steigen und den Schlüssel in die Zündung zu stecken.

Rumpelnd erwachte der Chevy zum Leben, und Neebor schaltete in den Rückwärtsgang und setzte zur Straße zurück, während ein Teil nach dem anderen vom Wagen abfiel und die Einfahrt verunstaltete. Klappernd plumpste der Außenspiegel zu Boden. Die vordere Stoßstange wurde quietschend mitgeschleift, dann schlug sie auf den Asphalt. Er konnte die Angreifer noch immer nicht sehen, aber inzwischen hatte er das Gefühl, dass nicht sie den Zerfall seines Wellblechzauns verursacht hatten – nein, die Angreifer *selbst* waren der Zerfall. Es gab aber nichts, was er dagegen tun konnte. Die Einzelteile des Autos lösten sich nun so schnell auf, dass das Wagendach bereits zu Staub zerfallen war, als es einstürzte und ihm auf den Kopf fiel.

Als er das Ende seiner Straße auf dem Queen-Anne-Hügel erreichte, waren vom Chevy nur das Chassis, der Fahrersitz und die Reifen übrig. Eine Spur rostzerfressener Trümmer führte vom Haus bis dorthin, wo der Wagen auf den Hang zurollte, der steil zur Stadt hinabführte. Als

Neebor ihn erreichte, merkte er, dass die Bremsen seines geliebten Chevy nicht mehr vorhanden waren, dann sausten er selbst, das Chassis und die Reifen den Hang hinunter.

6. Kapitel

Ankunft im Plastikcamp

Nate wurde mit dem Gesicht nach unten über die seltsame Plastikinsel geschleppt; jeweils ein Insulaner hielt einen Arm oder ein Bein. Eine Weile war der Untergrund körnig, so wie am Strand, aber dann wich der »Plastiksand« einer glatten glänzenden Oberfläche. Dort, wo der Boden dick und fest war, erschien er milchfarben, und Nate hatte keine Vorstellung, wie weit er wohl in den Ozean hinabreichte. An den dünneren Stellen war der Boden dagegen fast durchsichtig, und Nate konnte die verschwommenen Umrisse der Fische erkennen, die keine fünfzehn Zentimeter unter den Füßen seiner Häscher im Müll umherschwammen, der im Ozean trieb.

»Ich möchte wissen, wo wir sind und wo wir hingehen«, beschwerte er sich, aber er konnte den Hals nicht weit genug anheben, um in die Gesichter der Insulaner zu schauen.

»Lass es einfach geschehen«, sagte das hübsche Mädchen. Sie trug sein linkes Bein. »Es ist der beste Weg, sich bei uns zu akklimatisieren.«

»Ich will mich aber nicht *akklimatisieren.* Ich will wissen, wo ich bin und warum ihr mich überwältigt habt und verschleppt.«

»Was erwartest du denn?«, erwiderte sie. »Du lässt dich unangekündigt bei uns anspülen. Wir wissen nicht, ob du ein illegaler Waljäger bist, ob du von der Regierung oder einem Ölkonzern kommst oder ob du bloß Treibgut bist.«

Nate hatte keine Ahnung, wovon sie sprach, und schaukelte einige Minuten still zwischen ihnen hin und her, ehe er wieder aufblickte und sah, dass sie auf eine Gruppe niedriger Erhebungen zugingen, die igluartig aus dem Plastikboden aufragten. *Gebäude,* dachte Nate verblüfft. *Die Leute leben tatsächlich hier.* Die Dome waren ebenmäßig gerundet und reflektierten das Sonnenlicht, so dass sie aus der Ferne betrachtet nur wie Meereswellen aussahen.

Sie gingen um eines der höheren Iglus herum und traten auf einen kleinen Platz in der Mitte der Ansiedlung. Überall lagen Plastikgeschirr, Plastikkleidung, Plastiktische und andere Utensilien verstreut. In den Iglus ringsum gab es Luken, von denen eine offen stand. Nate sah, dass die geschlossenen Luken sorgsam eingepasst waren, wie wasserdichte Einstiege. In einer geschmolzenen Vertiefung im Zentrum des Platzes lagen getrocknete Seegrasbündel. *Eine Feuergrube,* dachte Nate. Drum herum waren im Plastikboden Stufen eingelassen, die eine Art Mini-Amphitheater schufen, in dem etwa zwanzig Leute Platz fanden. Auf der anderen Seite der Siedlung stand das einzige mechanische Gerät, das Nate sehen konnte. Es war eine Art Kläranlage mit einem breiten Wasserschöpfer, der in einem großen Loch im Boden steckte. Die Anlage saugte Meerwasser an

und spie aus einer Öffnung an der Rückseite winzige Plastikkörner in einen großen Speicher. Das gefilterte Wasser floss in einem dicken Feuerwehrschlauch durch ein anderes Loch ins Meer zurück.

Die Insulaner legten Nate am Boden ab, und die Männer stiegen mit eingezogenen Köpfen durch die offene Luke des nächsten Iglus; das hübsche Mädchen und die mürrisch dreinblickende Frau blieben zurück, um ihn zu bewachen.

»Was ist das für ein Ort?«, fragte Nate.

»Habe ich doch schon gesagt«, antwortete die Hübsche. »Wir sind im Großen Pazifischen Müllstrudel, dem Gebiet im Pazifik, wo sich all der Plastikmüll sammelt.«

»Aber diese … diese Insel hier, die ist doch über einen Kilometer breit.«

»Anderthalb Kilometer, um genau zu sein, aber unter der Wasseroberfläche ist sie noch viel größer.«

»Und sie besteht vollständig aus Plastik?«

»Ja. Das Plastik sammelt sich in diesem Gebiet. Es zersetzt sich nicht. Es schwimmt praktisch ewig im Meer. Wir filtern es aus dem Wasser und verwenden Solarenergie, um es mit der Insel zu verschmelzen.«

»Sie ist jetzt schon riesig.«

»Stimmt. Und sie wächst immer weiter. Es herrscht ja kein Mangel an Baumaterial. Schätzungsweise schwimmen hier draußen hundert Millionen Tonnen Plastik im Wasser.«

»Wie heißt du?«, fragte Nate.

Sie lächelte ihn freundlich an und sah überhaupt nicht aus wie eine Kidnapperin. »Man nennt mich Carma«, sagte sie.

»Es besteht kein Anlass zu so viel Freundlichkeit«, grummelte die mürrische Frau. »Wir wissen ja nicht mal, ob wir ihn hierbehalten.«

»Stimmt«, sagte Carma, »ich sollte dir einfach die Wikipedia-Version unserer Mission erzählen.«

Carma setzte sich neben Nate und ratterte die Informationen herunter wie ein altgedienter Touristenführer, aber im Tonfall eines gelangweilten Protestlers. Sie wusste alles in- und auswendig.

»Der Große Pazifische Müllstrudel ist eine Verdichtung aus Plastikmüll im zentralen Nordpazifik. Die Fläche, die er einnimmt, ist etwa so groß wie die gesamten USA. Der Strudel besteht aus Kunststoffteilen und anderen Abfällen, die in den Meeresströmungen festhängen. Das meiste sind kleine Plastikpartikel, die direkt unter der Wasseroberfläche treiben, so dass man sie aus dem Flugzeug und per Satelit nicht erkennen kann. Entdeckt wurde der Müllstrudel 1997 von einem amerikanischen Ozeanographen, der zufällig darauf stieß. Anfangs schenkten die Medien der Entdeckung einige Aufmerksamkeit, aber da diese Gegend so weit entfernt ist von der öffentlichen Wahrnehmung, hat es niemand wirklich ernst genommen.«

»Außer wir«, warf die mürrische Frau ein.

»Genau«, sagte Carma. »Wir nehmen es sogar sehr ernst.« Sie fuhr fort: »Durch die verschiedenen Meeresströmungen wird Müll aus dem gesamten Nordpazifikraum, auch aus Japan und den USA, zusammengetrieben. Achtzig Prozent stammen vom Festland, der Rest von Schiffen.«

»Von Schiffen?«, fragte Nate, den die Sache trotz seines Gefangenenstatus zu interessieren begann.

»Ja. Zum Beispiel wenn ein Container voller Plastikprodukte über Bord geht«, erklärte Carma.

Nate nickte und erinnerte sich an die teuflischen Plastikenten.

»Ein Kreuzfahrtschiff mit dreitausend Passagieren an Bord kippt jede Woche acht Tonnen Müll ins Meer. Die Meeresströmungen treiben ihn in rund fünf Jahren von Nordamerika hierher in den Pazifikwirbel, und der Müll aus Asien braucht nur ein Jahr oder weniger bis hierher. Das Plastik wird relativ schnell in sehr kleine Fetzen zerrissen und verwandelt sich in winzige Partikel, die von Meerestieren mit Plankton verwechselt werden und dadurch in die Nahrungskette gelangen. Einige der größeren Stücke enden in den Mägen von Meeresvögeln, Seeschildkröten, Quallen und Geschöpfen, die von größeren Fischen gefressen werden, die wiederum der Mensch verzehrt. Lecker, was?«

»Und wer ist für all das verantwortlich?«, fragte Nate.

»Alle und niemand. Die gesamte Menschheit. Und an dieser Stelle kommen wir ins Spiel.«

»Wer seid ihr?«

»Wir sind Studenten, Sozialarbeiter, Programmierer und, schlimmer noch, Rechtsanwälte.«

»Aber wir haben unsere früheren Berufe aufgegeben, um uns ganz dieser Sache zu verschreiben«, fügte die mürrische Frau hinzu.

»Wir filtern den Müll aus dem Meer«, erklärte Carma. »Wir sind sozusagen die Meeresmüllabfuhr.«

In dem Moment kam der hünenhafte Mann aus dem Iglu.

»Er sagt, wir sollen ihn einsperren, bis er für ihn bereit ist«, verkündete der Mann.

»Bis wer für mich bereit ist?«, fragte Nate.

Carma lächelte entschuldigend. »Doktor McNeil. Unser Anführer. Er entscheidet, was aus dir wird.«

7. Kapitel

Der Hämmernde Mann

Lilli fuhr den Abschleppwagen über die First Avenue in Richtung Bibliothek. Es gab so gut wie keinen Verkehr. Das Chaos, das seit einer Woche die Stadt beherrschte, schien die Menschen zu veranlassen, sich zu Hause zu verbarrikadieren, so wie Mr. Neebor. Kein einziges Polizeiauto war zu sehen, obwohl man in der Ferne unzählige Sirenen hörte.

»Die Polizei muss woanders zugange sein«, bemerkte Sandy.

»In jedem Winkel der Stadt, wenn man nach dem Geheule geht«, sagte Richie.

Lilli beobachtete die Straße. »Was haltet ihr davon?«, fragte sie und deutete auf zwei zurückgelassene Autos, die mit zertrümmertem Dach mitten auf der Fahrbahn standen.

»Ausweichen!«, rief Richie plötzlich, packte das Lenkrad und riss es herum. Der Abschleppwagen brach aus, geriet ins Schleudern und wäre fast umgekippt, bevor er unter lautem Kreischen zum Stehen kam.

Rumms! Etwas krachte auf den Asphalt herab, genau an der Stelle, wo sie im nächsten Moment entlanggefahren wären, wenn Richie nicht das Lenkrad herumgerissen hätte.

»Was war das?«, keuchte Sandy.

»Keine Ahnung«, sagte Richie. »Ich hab nur gespürt, dass etwas auf die Stelle runtersaust, an der wir gleich vorbeigekommen wären.«

»Ich habe es auch gespürt«, sagte Lilli. »Einen Augenblick vor Richie und nicht ganz so stark.«

Die drei starrten durch die Windschutzscheibe, bemerkten aber nichts Ungewöhnliches – außer den zertrümmerten Autodächern und dem großen Loch in der Straße. Mit höchster Wachsamkeit stiegen sie aus dem Abschleppwagen.

»Hier ist nichts«, sagte Sandy.

Tatsächlich rührte sich nichts auf der First Avenue. Sie waren die einzigen Menschen weit und breit.

»Es ist ein Dämon«, erklärte Richie. »Ich spür ihn.«

»Ich auch«, sagte Lilli und nickte.

»Welche Art von Dämon ist zu so etwas imstande?« Sandy deutete auf das Loch im Asphalt. Es hatte einen Durchmesser von zwei Metern und war dreißig Zentimeter tief, und drum herum lagen faustgroße Asphaltbrocken.

»Egal wer das war, der Schlag hätte uns platt gemacht wie Pfannkuchen«, sagte Richie.

»Seid auf alles gefasst«, warnte Lilli. »Der Dämon ist noch in der Nähe.«

Die drei standen Rücken an Rücken in der First Avenue Ecke University Street und hielten in alle Richtungen Ausschau.

»Was für ein Dämon ist das?«, wollte Sandy hartnäckig wissen, sichtlich frustriert, dass sie kein Hüter war und den Angreifer nicht würde sehen können, falls er sich nicht von selbst zeigte. »Hier ist nichts.«

Sie standen inmitten einer Ansammlung hoher Gebäude, die alle wegen des Aufruhrs verbarrikadiert waren. Selbst das Seattle Art Museum gleich hinter ihnen war geschlossen. Lilli hob den Blick. Vor dem Museumseingang ragte eine gut fünfzehn Meter hohe Metallskulptur auf. Lilli neigte den Kopf zur Seite.

»Was ist das?«, fragte sie.

Lilli liebte Kunst, aber sie wohnte erst seit wenigen Wochen in Seattle und hatte dem großen Museum noch keinen Besuch abgestattet. Die anderen folgten ihrem Blick.

»Das ist Der Hämmernde Mann«, erklärte Sandy. Sie ratterte die Fakten über das riesige Kunstwerk herunter, wie es nur eine pedantische Assistenzbibliothekarin vermochte. »Es ist eine kinetische Skulptur, erschaffen vom Künstler Jonathan Borofsky. Sie ist fünfzehneinhalb Meter hoch, fünfundsiebzig Zentimeter breit und wiegt dreizehntausend Kilo. Der Hammer geht tagein, tagaus im Zeitlupentempo auf den Amboss nieder. Der Akt soll das Schaffen des Arbeiters repräsentieren. Es gibt weitere Skulpturen dieser Art. Die höchste steht in Deutschland, in Frankfurt.«

Lilli ging um die Skulptur herum. Der riesige Mann war schwarz angemalt und so schmal, dass es aussah, als schwebe ein aufrecht stehender Schatten über dem Gehsteig vor dem Museum.

»Ganz schön hoch«, sagte sie mehr zu sich selbst als zu den anderen.

»Ja, und?«, erwiderte Richie.

»So hoch, dass man ihn nicht sieht, wenn man mit dem Auto daran vorbeifährt.«

Sandy deutete nach oben. »Seht euch den Hammer an«, sagte sie.

Die flache Seite des Hammerkopfes war zerkratzt und zerdellt. Farbsplitter hingen daran, und die Oberfläche wies eine schwarze Schliere auf.

»Die Farbsplitter sind weiß und blau«, sagte Sandy.

Richie schaute zu den zertrümmerten Autos hinüber, ein blaues und ein weißes. Der Asphalt war schwarz. »Ich glaube, wir haben unseren Dämon gefunden.«

Einer der massiven Füße der Skulptur begann zu zittern.

»Ich wusste es. Wir hätten lieber zu Hause bleiben sollen«, flüsterte Lilli.

»Hah! Wir haben dich entdeckt«, herrschte Sandy die Skulptur an.

Als Antwort riss der gigantische Metallmann mit einem ohrenbetäubenden *Knirsch* den Fuß aus dem Boden und trat ruckartig vor.

»Gut gemacht, Sandy«, sagte Richie.

»Lauft weg!«, rief Lilli.

Die drei rannten so schnell sie konnten zum Abschleppwagen. Aber der Hämmernde Mann folgte ihnen gar nicht. Stattdessen riss er den anderen Fuß aus dem Beton, setzte sich mit langsamen, roboterhaften Bewegungen auf der First Avenue in Marsch und hinterließ dabei riesige Fußabdrücke im Gehsteig.

Rumms! Der Hammer krachte auf ein parkendes Auto herab, das umkippte und auf dem Dach liegen blieb.

Lilli wandte sich um. »Was tut er da?«

»Sachen kaputtschlagen?«, erwiderte Richie.

»Warum denn?«

»Wenn man außer einem Hammer nichts anderes besitzt, dann hält man alles für einen Nagel«, sagte Sandy.

»Ja. Wenn man einen Hammer in der Hand hält, dann haut man wahrscheinlich auch irgendwo drauf. Ich würde es jedenfalls tun.«

»Was machen wir jetzt?«, fragte Sandy.

»In den Wagen steigen und weiterfahren«, sagte Lilli. »Wir wollen doch zur Bibliothek, richtig?«

Sandy schüttelte den Kopf. »So dringend ich auch in die Bibliothek möchte, wir müssen hier etwas tun.« Sie sah Lilli direkt an. »Das ist urbane Kunst, die Amok läuft. Genau dein Metier, Lilli. Mit den Graffiti bist du doch auch klargekommen.«

»Es war nur ein bisschen Farbe an der Wand. Das hier ist ein Fünfzehn-Meter-Koloss!«

Wie um ihr Argument zu unterstreichen, ließ der Metallmann seinen Hammer herumschnellen und zertrümmerte vier Plexiglasscheiben eines Buswartehäuschens und beim Rückschwung eine Metallmülltonne.

»Du hast dich auch mit den Gangmitgliedern angelegt«, rief Sandy ihr ins Gedächtnis.

»Mir blieb nichts anderes übrig. Du hast sie wütend gemacht, und sie wollten uns ans Leder. Das Ding dort *entfernt* sich von uns. Lass es gehen.«

»Und wenn du einfach mit ihm redest…«

»Machst du Witze? Ich mache ihn doch nicht auf mich aufmerksam! Er hämmert alles nieder, was ihm ins Auge fällt.«

Ein Minivan bog auf die First Avenue ein, und die Skulptur erstarrte. Gebannt beobachteten die drei, wie das Fahrzeug näher kam. Der Hämmernde Mann stellte sich leblos, stand wie versteinert da. Die Familie im Minivan würde nichts ahnen, bis er ihnen das Wagendach zertrümmerte. Richie zögerte nicht. Ehe das Fahrzeug die Kreuzung erreichte, rannte er mitten auf die Straße.

»Wartet! Haltet an! Dreht um! Passt auf!«, brüllte er, gestikulierte wild herum und trat direkt vor das Fahrzeug, damit es der Skulptur nicht zu nahe kam.

Der Fahrer scherte aus, um Richie nicht zu überrollen, und entging dadurch, ohne dass es ihm bewusst war, der Attacke des Hämmernden Mannes. Sobald der Wagen in einer Seitenstraße verschwand, erwachte die riesige Skulptur wieder zum Leben. Sie köpfte einen Hydranten, worauf sich ein Wasserschwall auf die Straße ergoss. Ein Stromkasten explodierte in einem sprühenden Funkenmeer. Eine Straßenlaterne steckte mehrere Hammerschläge ein, bis sie schließlich zerbrach und die Glaslampe am Boden zerschellte.

»Jetzt komm schon, Lilli«, drängte Sandy. »Richie tut das Richtige. Wir können nicht zulassen, dass dieser Dämon die Stadt kurz und klein schlägt.«

»Sicher können wir das«, widersprach Lilli mit großen Augen. »Wir fahren einfach weg.«

Sandy kletterte auf den Fahrersitz des Abschleppwagens. »Okay, du hast gewonnen. Steig ein.«

Erleichtert sprang Lilli auf den Beifahrersitz. Sandy drückte die Hupe, und auch Richie kam herbeigerannt und sprang hinten auf die Ladefläche. Dann fuhr Sandy eine Kehrtwende und steuerte das Fahrzeug direkt auf den Hämmernden Mann zu.

»Was tust du?«, japste Lilli.

Zoot spürte die Unruhe seiner Hüterin und nahm auf ihrer Schulter Gestalt an.

»Richie!«, rief Sandy durchs heruntergekurbelte Fenster. »An die Kette!«

»Ich habe keine Lust, eine aufs Dach zu bekommen«, empörte sich Lilli und legte sich schnell den Sicherheitsgurt an.

Zoot schob seinen gehörnten Kopf aus dem Fenster und ließ die lange pinkfarbene Zunge heraushängen, so dass er aussah wie eine Mischung aus einem hechelnden Hund und einem heranstürmenden Stier.

Der Abschleppwagen rumpelte über die Bordsteinkante und raste der Skulptur über den Gehsteig hinterher.

»Warum fährst du auf dem Bürgersteig?«, brüllte Lilli. Dann erinnerte sie sich, was Nate ihr erzählt hatte – Sandy war *keine* gute Fahrerin, besonders bei Fahrzeugen mit Schaltung

»Ups!« Sandy schluckte.

Richie hakte am Heck des Abschleppwagens die lange Eisenkette aus und schwang sie wie ein Lasso, während er sich mit der anderen Hand an der Hebevorrichtung festhielt.

»Jippiiijey!«

»Wirf ihm die Kette um die Beine, wenn ich an ihm vorbeifahre«, rief Sandy nach hinten.

Der Abschleppwagen holperte über die Trümmer, die der Hämmernde Mann bei seinem Amoklauf hinterließ. Richie verlor den Halt und stürzte unsanft auf den Rücken, während sie an dem Mann vorbeidonnerten.

»Wirf!«, rief Sandy.

Es war vergebens. Richie lag da wie betäubt.

Sandy scherte aus, um einem umkippenden Stoppschild auszuweichen, und stieg voll auf die Bremse. Der Wagen kam quietschend zum Stehen und schleuderte Richie mit einem schmerzhaft klingenden *Bumms* gegen die Rückseite des Fahrerhauses.

Zoot flog aus dem Fenster und zerplatzte auf dem Gehsteig zu einem breiten rosigen Farbklecks mit hunderten Tropfen ringsum wie ein mit pinkfarbenem Wasser gefüllter Luftballon.

Nachdem sie unter ihrem Sicherheitsgurt kurz durchgeschüttelt worden war, schaute Lilli zu Sandy hinüber und sah, dass diese über dem Lenkrad zusammengesunken war und leise röchelte.

Der Hämmernde Mann wandte sich zum abgewürgten Abschleppwagen um und hob seinen Hammer.

Sie durfte sich nicht länger widersetzen. Gleich würde der Dämon Neebors heiß geliebten Abschleppwagen verschrotten und sie drei vermutlich gleich mit. Lilli öffnete den Sicherheitsgurt und sprang ins Freie.

Der herabschnellende Hammer änderte seine Flugbahn, zielte nun auf Lilli. Aber der Metallmann war ungelenkig und langsam. Sie sprang zur Seite, als der Hammer mit voller Wucht auf den Gehsteig schlug.

Einige Schritte entfernt versuchte Zoot seinen verspritz-

ten Körper wieder zusammenzufügen. Diesmal würde ihr der Kleine nicht beistehen können, befand Lilli. *Die Kette,* fiel ihr plötzlich ein. Sie lag an der Stelle, wo Richie sie hatte fallen lassen. Lilli klaubte sie schnell auf, während der Hämmernde Mann zum nächsten Schlag ausholte.

Sie hatte nicht den passenden visuellen Trick auf Lager und war als Künstlerin nicht anspruchsvoll genug, um einem mehrere Stockwerke hohen Meisterwerk Befehle erteilen zu können. Es war keine Straßenkunst. So hielt sie die Eisenkette einfach in den Armen und rannte dem Hämmernden Mann durch die Beine. Bei fünfzehn Metern Höhe und nur fünfundsiebzig Zentimetern Breite würde er bestimmt leicht aus dem Gleichgewicht geraten. Und so kam es dann auch. Der auf Lilli zielende Hammerschlag zog den Giganten über den Punkt hinaus, bei dem er umkippen würde. Er neigte sich zur Seite und stürzte unter gewaltigem metallischem Getöse auf den Asphalt.

Lilli schlang ihm schnell die Kette um den Fußknöchel, während er sich am Boden wand und versuchte sein gewaltiges Gewicht emporzustemmen und sich aufzusetzen. Das Geräusch und der Geruch von Metall, das gegeneinanderreibt, ließen Lilli zusammenzucken. Sie kam sich vor wie in einer Fabrik, in der die Maschinen auf Hochtouren liefen.

Die Kette war angelegt, bevor der Hämmernde Mann sich aufrappeln konnte. Lilli zog die Glieder straff und schob den Sicherungsbolzen hindurch, so dass die Kette den Fußknöchel der Skulptur fest umschloss. Danach rannte Lilli zurück zum Abschleppwagen, schob die noch immer angeschlagene Sandy auf den Beifahrersitz und schaltete in den Rückwärtsgang.

Als der Abschleppwagen außer Reichweite der Skulptur war, hielt Lilli an, sprang wieder hinaus und befestigte das andere Kettenende am Sockel einer Straßenlaterne.

Richie und Sandy lugten stöhnend aus dem Wagen. Zoot kam schwankend die Straße entlanggewatschelt. Sein halber, tropfender Körper war völlig unförmig, hatte noch nicht seine runde pummelige Gestalt zurückerlangt.

»Was ist passiert?«, fragte Richie.

»Ich habe für dich Cowboy gespielt«, sagte Lilli. »Welcher Dämon das auch immer ist, der von Nates Dachboden geflohen ist und die Skulptur mit Chaos infiziert hat, in ihm ist viel Wut aufgestaut.«

Sie wandten sich um und sahen den Hämmernden Mann auf dem Gehsteig hocken. Er war nun ganz ruhig und wirkte traurig, während er langsam und mechanisch den Hammer auf die Eisenkette niederfahren ließ.

»Das sollte ihn eine Weile beschäftigen«, sagte Lilli.

»Es sieht richtig gut aus, wie er so dasitzt«, sagte Richie und neigte den Kopf zur Seite.

»Ja«, stimmte Sandy ihm zu. »Du hast wirklich eine ausgeprägte künstlerische Ader, Lilli.«

8. Kapitel

Inselleben

Nate wusste nicht, wie lange er schon in dem Plastikiglu lag. Erschöpft vom Schiffbruch, vom Beinahe-Ertrinken und von der groben Behandlung durch die Inselbewohner, war er sofort eingeschlafen. Als er erwachte, trug er einen weißen Plastikkittel, und als Carma mit einer Kerze in der Hand die Luke aufklappte, war es draußen dunkel.

»Aufwachen, Nate«, zwitscherte sie viel zu fröhlich für eine Kidnapperin.

»Was ist los?«

»Wir treffen uns am Feuerkreis zu einem Gespräch über dich. Das bedeutet, du bleibst vielleicht bei uns! Aber zuerst muss ich mehr über dich erfahren.«

»Ich stamme aus Seattle.«

»Nein, ich meine, warum du hier bist.« Carma legte ihm eine Hand auf den Arm. Ihre Berührung war weich und beruhigend. »Ich habe dir ein paar Geheimnisse über uns verraten, stimmt's? Da wäre es doch nur fair, wenn ich auch ein bisschen was von dir erfahre.«

Nate hatte ebenfalls ein paar Geheimnisse, klar. Carma sah ihn erwartungsvoll an, und er merkte, dass er ihr am liebsten einiges, vielleicht sogar alles erzählen würde. Aber gerade als er zu sprechen anfangen wollte, steckte der Hüne seinen Kopf in das Iglu.

»Wir sind vollzählig, Carma. Bring den Angespülten raus.«

»Schhhh«, machte sie. »Noch nicht.«

»Wer ist der Grobian?«, fragte Nate.

Carma beugte sich zu ihm vor und flüsterte: »Das ist Franco. Er ist vor ungefähr sechs Monaten aus Europa zu uns gestoßen.«

»Schätzungsweise aus … Frankreich?«

»Er ist unser Friedensstifter«, fuhr Carma fort.

»Der Kerl, der mich am Strand mit einem Katapult umgeschossen hat, ist für den *Frieden* zuständig?«

»Jede Gesellschaft, die Regeln hat, braucht jemanden, der die Regeln durchsetzt«, erklärte Carma.

»Jetzt komm schon«, rief Franco von oben.

Carma erhob sich.

»Wohin gehen wir?«, fragte Nate.

»Na, zum Feuerkreis. Du lernst die anderen kennen.«

Sie rang sich ein nettes Lächeln ab, aber Nate hatte das Gefühl, dass es ganz und gar nicht nett sein würde, die anderen kennen zu lernen. Er stand auf und folgte Carma die Stufen hinauf, wo Franco ihn mit Plastikfesseln erwartete.

Als Pernikus und Nikolai sich aus dem Abfall herausgewühlt hatten, der den Plastikstrand verunzierte, war Nate

verschwunden, verschleppt von den seltsamen Inselbewohnern.

Pernikus verwandelte sich in einen Plastikdeckel und rollte über den Strand, folgte den Entführern wie ein weggeworfener Gegenstand, der im Wind trieb, ohne dass es Wind gab. Nik schlich ihm in einiger Entfernung nach – es war schwer für ihn, seinen muskelbepackten blauen Fellkörper auf der kahlen Inseloberfläche zu verbergen.

Als sie das Lager erreichten, saßen die Bewohner an einer kreisrunden Feuergrube. Mit einem leisen *Plop* nahm Pernikus wieder seine normale Gestalt an, obwohl sie dem gewöhnlichen Beobachter alles andere als normal erschienen wäre, denn der giftgrüne, schienbeingroße Hauskobold sah aus wie eine Kreuzung aus einem Wasserspeier und einem Schnauzer. Er huschte unter die Kläranlage, die das Plastik aus dem Meer filterte, und schlich weiter; Nik schob zur Tarnung einen Mülleimer vor sich her, während er sich Schritt um Schritt der Feuergrube näherte.

Während Nik zu den Inselbewohnern schlich, kam Pernikus' Schwanz der Ansaugöffnung der Kläranlage ein bisschen zu nahe, und im nächsten Moment saugte das breite Rohr den kleinen Koboldkörper vollständig auf. Ein lautes, mahlendes Geräusch ertönte, dann flogen an der Rückseite tausend giftgrüne Dämoneneinzelteile in den Plastikspeicher.

Nik eilte seinem Gefährten hinterher, hielt den Eimer zwischen sich und der Feuergrube. Einige Köpfe fuhren herum, aber er blieb schnell stehen, so dass die Insulaner nur einen Mülleimer sahen, der in der Gegend herumstand, nichts, was eine Überprüfung wert gewesen wäre. Während

Nik reglos verharrte und wartete, dass die Menschen sich abwandten, verfluchte er seinen grünen Kollegen mit leisem, unverständlichem Gebrabbel.

Unter Zuhilfenahme des Mülleimers gelangte Nik schließlich dicht genug an den Speicher heran, um unbemerkt in den Berg aus zerschreddertem Plastik zu springen und sich sogleich daranzumachen, Pernikus' Einzelteile zusammenzusuchen. Sie waren leider mit durchsichtigen Plastikkörnern vermischt, und als Nik die Einzelteile des kleinen Kobolds wieder beisammenhatte, steckten Myriaden dieser Körner darin. Es blieb keine Zeit, um sie mühselig herauszupopeln. Nik presste die Dämonenmasse so fest wie möglich zusammen, verdichtete sie zu einem dämonischen Schneeball. Es würde eine Weile dauern, bis Pernikus' Bestandteile wieder an ihre natürlichen Positionen gelangt waren, wie ein Tausend-Teile-Puzzle, das versuchte, sich selbst zusammenzufügen. Nikolai wusste, dass Pernikus bis dahin nutzlos sein würde, deshalb klemmte er sich den Ball in die Achselhöhle und huschte wieder hinter den Mülleimer.

In dem Moment stellten sich seine spitzen Ohren auf. Drei weitere Menschen erschienen an der Feuergrube. Er linste hinter dem Eimer hervor, riskierte einen Blick. Einer der Neuankömmlinge war Nate! Nik schob den Eimer näher heran, damit er mithören und seinen Meister im richtigen Moment befreien konnte.

Franco schob Nate auf eine der Plastikstufen, nahm ihm die Fesseln ab und baute sich hinter ihm auf wie ein Gefängniswärter. Carma setzte sich neben Nate, als würde sie

seine Aufnahme in einen bizarren Geheimclub befürworten.

»Was genau werdet ihr entscheiden?«, fragte er sie.

»Ob wir dich gehen lassen sollen«, sagte Carma.

»Das wäre gut.«

»Nein. Es wäre schlimm.«

»Schlimm? Wieso?«

»Es bedeutet, dass sie dich aussetzen«, erklärte Carma.

»Das ist in Ordnung, solange es genügend Vorräte an Bord gibt.«

»Sie würden dich nicht im Boot aussetzen, sondern in einer Rettungsweste.«

»Wie bitte? Hier draußen mitten im Ozean? Das ist ja so, als würde man über eine Schiffsplanke ins Meer getrieben!«

»Sei still«, schalt sie ihn. »Vielleicht gelingt es mir ja, dir zu helfen. Aber dazu musst du unsere Mission begreifen. Man ist entweder für uns, oder man ist eine… Wasserleiche. Da kommt er.«

»Wer?«

»Doktor McNeil.«

Ein gebeugter Mann mit dicker Brille schlurfte zu Nate und betrachtete ihn von oben bis unten, als wäre Nate ein sonderbares Kunstobjekt, über das es nachzusinnen galt. Dann wandte der Mann sich wortlos ab und ging zur Mitte des Feuerkreises, wo er einen Teekessel über die Flammen hängte.

»Er ist das Oberhaupt unserer Kooperative«, sagte Carma. »Er ist ein brillanter Wissenschaftler. Ihm wurden Fördermittel in Millionenhöhe gewährt, um ein Meeresforschungsprojekt zu leiten. Anfangs schien es, als würde eine

Umweltschutzorganisation das Projekt finanzieren. Aber dann fand er heraus, dass die Organisation nur Fassade war, dass das Geld von Großkonzernen stammte, und dass die Forschungsergebnisse, die er lieferte, den Ölfirmen zugutekamen. Er begann, ihnen falsche Daten zu schicken, und als sie es herausfanden, ist er auf mysteriöse Weise untergetaucht.«

»Sie glauben, er wäre auf dem Meer umgekommen?«

»Er hat sich zum Märtyrer gemacht. Leider muss unser Boot deshalb heimlich kommen.«

»Ihr habt ein Boot?« Nates Augen strahlten.

»Nicht für den persönlichen Gebrauch. Und wir haben es nicht hier. Es kommt einmal im Monat. Niemand erfährt, an welchem Tag. Aber da ich für die Vorräte zuständig bin, kann ich mir denken, wann es das nächste Mal kommt.«

Doktor McNeil goss sich Tee ein, nahm gegenüber von Nate Platz und musterte ihn erneut. »Plastik«, sagte er nach einer Weile, und alle starrten Nate an, als ob er bereits wissen müsste, worum es ging.

»Wie bitte?«, fragte Nate.

»Der Ozean ist voller Plastik«, fuhr McNeil fort. »Einige der Partikel sind mehr als fünfzig Jahre alt, also viel älter als du.«

»Ich kann Ihnen nicht folgen.«

»Ein riesiger wogender Koloss unter der Wasseroberfläche. Ein Seemonster mitten im Westpazifischen Strom!« Er erhob sich und starrte zum Meer. »Es ist mein weißer Wal, und Menschen auf der ganzen Welt füttern ihn.«

Nate starrte ihn verständnislos an.

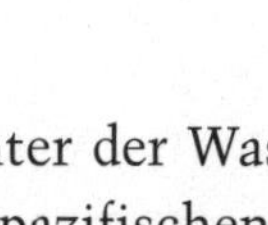

Carma versuchte es ihm zu erklären. »Die meisten Abfälle lösen sich einfach auf, wohingegen Plastik sich allmählich zu kleinen Partikeln zersetzt, die hier draußen eine riesige, kontinentgroße Suppe bilden. Einiges davon treibt seit mehr als fünfzig Jahren im Wasser.«

»Wahnsinn«, sagte Nate.

»Ganz genau. Wahnsinn«, wiederholte McNeil. »Wahnsinn, Wahnsinn, Wahnsinn! Und was sagen die Regierungen dazu?«

»Ich weiß es nicht«, gestand Nate.

»›Wahnsinn.‹ Nichts weiter. Die Konzerne? ›Wahnsinn.‹ Punkt. Aber tun sie etwas dagegen? Nein! Und weißt du, was sie gesagt haben, als ich ihnen die Beweise vorgelegt habe?«

»Wahnsinn?«, riet Nate schulterzuckend.

»Genau!« Der Doktor hatte sich in Rage geredet. Er ging auf und ab und fuchtelte mit den Armen. »Jetzt weißt du, warum ich hier bin.«

»Eigentlich nicht«, sagte Nate.

McNeil fuhr herum und starrte ihn direkt an. Seine Augen verengten sich. »Verrate mir, warum bist *du* hier?«

»Mein Leben wurde zerstört und mein Boot auch«, sagte Nate wahrheitsgemäß.

»Wodurch?«

»Durch Dämonen.«

»Verstehe. Hmm. Meines auch. Durch die Gier der Konzerne. Durch bürokratische Apparate. Sie haben versucht mich zu vernichten. Aber wir sind hier, quicklebendig, und bekämpfen sie. Was mich zu der Frage führt: Auf wessen Seite stehst du?«

»Hören Sie, ich verstehe ja, dass Sie sich wie Käpt'n Ahab fühlen und so, aber ich möchte nur einen Weg finden, um …«

Carma rutschte dichter heran und stieß Nate gegen den Arm, um ihm zu signalisieren, dass seine Antwort nicht nur falsch, sondern tödlich falsch war. »Möchtest du, dass sie dich wie eine zu kleine Krabbe zurück ins Meer werfen?«, flüsterte sie.

Nate stammelte. »… einen Weg finden, um, äh, dem Ozean das zu geben, was er verdient, weil er so eine prägende Wirkung auf mein Leben hatte.«

»Ja, das tun wir alle.« Doktor McNeil nickte. »Wir diskutieren jetzt, was mit dir werden soll, und danach folgt eine Abstimmung.«

Nate schaute in die unbekannten Gesichter und lächelte gezwungen, in der Hoffnung, einige der Leute für sich zu gewinnen. Nacheinander trugen sie ihre Meinung über ihn vor, redeten über ihn, als wäre er gar nicht da.

»Wir können keinen zusätzlichen Esser durchfüttern«, sagte eine Frau, die ein rotes Stirnband trug. »Die Vorräte sind ohnehin knapp.«

»Vielleicht sollte er sich uns anschließen«, sagte ein anderer. »Wir könnten einen Helfer auf den Feldern gebrauchen.« Einige nickte, andere grummelten.

Die Debatte ging hin und her.

Als Franco an der Reihe war, erwartete Nate keine große Fürsprache, und er erhielt sie auch nicht.

»Er ist ein Angespülter«, sagte der große Europäer. Wir lassen nur wenige der Freiwilligen, die sich uns anschließen wollen, an diesen Ort kommen, und er hat nicht mal

versucht, uns zu finden. Er wurde einfach angeschwemmt. Ich finde, wir sollten ihn wieder dem Wind und den Wellen preisgeben.«

Carma sprach als Letzte. »Freunde des Ozeans, hört mich an. Die See hat uns das Geschenk eines zusätzlichen Helfers für unsere Mission geschickt. Wer sind wir, dieses Geschenk abzulehnen? Wir sind doch nicht hierhergekommen, um anderen Menschen Schaden zuzufügen, oder? Ich sage, wir nehmen Nate auf. Ihn zurück ins Wasser zu schicken, wäre ein Affront gegenüber der See, die ihn uns geschenkt hat.«

Sie setzte sich zu Nate zurück.

»Wow«, sagte Nate, »das war elegant.«

»Ja, hoffentlich lassen sich ein paar Leute davon beeindrucken.« Ihre Stirn kräuselte sich. »So, still jetzt. Nun kommt die Abstimmung.«

McNeil erhob sich. »Stimmt dafür, ihn entweder hierzubehalten oder ihn ins Meer zurückzuschicken.« McNeil ging um den Kreis herum, deutete auf jeden einzelnen Inselbewohner.

Zwei stimmten für ihn. Dann zwei gegen ihn. Die nächsten drei waren für ihn, und Nate dachte schon, seine Chancen stünden nun ganz gut. Aber dann stimmte Franco gegen ihn, der drahtige Mann, der neben ihm saß, ebenfalls und auch die beiden Frauen daneben, die Franco mit dunklem Blick fixierte. Die Frau mit dem Stirnband stimmte natürlich auch gegen ihn. Ein junger Bursche mit Pferdeschwanz war für ihn, der nächste Mann ebenso.

»Unsere Vorräte sind begrenzt«, sagte eine ältere Frau und stimmte gegen ihn.

Als Letzte kam Carma an die Reihe. Sie überlegte lange.

»Worauf wartest du?«, fragte Nate.

»Sieben zu acht gegen dich. Ich hätte nicht gedacht, dass es so eng wird.«

»Schön. Und jetzt hilf mir.«

»Ich stehe nicht gern auf der Verliererseite«, sagte sie.

»Wen kümmert's? Ich benötige jetzt *deine* Stimme.«

Carma hob die Hand und stimmte für ihn.

McNeil zählte an seinen Fingern ab. »Unentschieden«, sagte er. »Das bedeutet, wir nehmen ihn nicht auf.«

»Was!?«, brüllte Nate.

»Um Mitglied der Kooperative zu werden ist eine Mehrheit nötig«, sagte McNeil und starrte Nate durch seine dicken Brillengläser an, die seine Augen auf Golfballformat vergrößerten. »Tut mir leid, junger Mann, morgen setzen wir dich in einer Rettungsweste auf dem Meer aus.«

Nate schaute entsetzt um sich. »Aber, aber … *Sie* haben Ihre Stimme noch nicht abgegeben«, stammelte er.

»Oh«, sagte McNeil abwesend, wie ein Mann, dem gerade einfällt, wo der Hausschlüssel liegt. »Das ist wahr. Hmm. Nun, ich denke, ich stimme mit ja. Einen fleißigen Mitstreiter können wir immer gebrauchen.«

Nate wurde fast ohnmächtig, während er erleichtert auf seinem Platz zusammensank und Carma ihm auf die Schulter klopfte. Eines der Mitglieder der Kooperative holte eine Mundharmonika heraus, und dann sangen alle gemeinsam ein Lied als Lobpreisung auf Mutter Erde.

»Willkommen in der Familie«, sagte Carma freudig.

»Machst du Witze?«, flüsterte Nate. »Ihr seid doch alle völlig durchgeknallt.«

Ihre Miene verdüsterte sich, und sie blickte um sich, um sicherzustellen, dass kein anderer Inselbewohner mithörte. Das angenehme, fröhliche Mädchen, das sie bisher gewesen war, verschwand plötzlich, und sie stieß Nate den Zeigefinger gegen die Brust.

»Hör gut zu, Kumpel«, zischte sie ihn an, »ich habe dir gerade deinen Hintern gerettet, und ich erwarte, dass du diesen Gefallen erwiderst, sobald ich meinen Plan fertig habe.«

»Was für einen Plan?«

»Das geht dich nichts an. Nun schlage ich vor, dass du dir ein breites Lächeln aufs Gesicht schraubst und dich in die Festivitäten einklinkst, ehe jemand darauf kommt, was ich längst weiß ... nämlich dass du bei der erstbesten Gelegenheit versuchen wirst, von dieser schwimmenden Müllhalde zu verschwinden.«

Nikolai erhob sich und spähte über die Kante eines Kompostbehälters; auf seinem Kopf lag ein dickes Seegrasbündel. Das Abendessen war vertilgt, die Inselbewohner hatten ihre Teller weggestellt und ahnten nicht, dass er sich in dem Behälter verbarg. Er drehte seinen dicken Hals hin und her und schüttelte sich das Seegras vom Kopf.

Neben ihm hatte Pernikus sich fast vollständig in seine Hauskoboldgestalt zurückverwandelt, aber in seinem Körper steckten unzählige winzige Plastikkörner, die sich in der Kläranlage mit seiner Dämonenmaterie vermischt hatten. Er sah aus wie mit Puderzucker bestreut. Er schnappte sich einen Seegrasstreifen und schlang ihn gierig hinunter.

Die Inselbewohner verließen die Feuergrube. Nik grunzte seinem giftgrünen Freund etwas zu, dann stiegen sie leise aus dem Behälter. Sie verstanden nicht, was sie mit angehört hatten, aber ihnen schien, dass eine junge Frau plante, ihrem Meister eine Falle zu stellen. Dagegen lässt sich etwas tun, befanden sie, ohne ein Wort miteinander zu wechseln. Es gab niemanden auf der Welt, dem man mit der richtigen Portion Chaos nicht ins Handwerk pfuschen konnte. Sie sprangen auf den Plastikboden hinunter und eilten los, um eine geeignete Stelle für einen Hinterhalt zu finden. Den Mülleimer schleppten sie als Deckung mit.

9. *Kapitel*

In heimischen Gefilden

Der Wasserdämon ergoss sich durch die Straße von Juan de Fuca in den Puget-Sund, floss hinter Whidbey Island nach rechts weiter und hielt auf Seattle zu. Es waren die Gewässer seiner Kindheit – die trügerischen, sturmgepeitschten Strömungen im Deception Pass. Nachdem er aus bloßem Brackwasser und einigen Schaumkronen zu einem Strudel angewachsen war, der groß genug war, um sich nach den wilderen Gewässern des offenen Meeres zu sehnen, hatte er den Puget-Sund vor vielen Jahren verlassen und sich mit überwältigendem Erfolg in eine weltweite Bedrohung verwandelt.

Nun flutete er in die Elliot Bay zurück wie die flüssige Pest, während über ihm Seattles Fähren hin und her fuhren, mit Passagieren gefüllt, die fluchtartig die Stadt verließen. Er witterte ihre köstliche Angst und Verwirrung wegen der chaotischen Zustände in der Innenstadt. Es wäre ihm ein Leichtes gewesen, die Menschen vollends in Panik zu versetzen, aber das hob er sich für später auf.

Gleich nach seiner Ankunft in heimischen Gefilden breitete der Dämon sich aus und entsandte seine tastenden Wassertentakel an die Ufer und Hafenanlagen der Stadt, wo sie heranschwappten wie hundert flüssige Zungen. Er spürte das Chaos an Land, und wäre er ein hungriger Wolf gewesen, er hätte sich nicht gieriger über die Fänge lecken können.

Mehrere Schleusen trennten das Salzwasser des Puget-Sund von den beiden Seen mitten in Seattle. Neugierig geworden, zog der Wasserdämon sich zusammen, und als eine der Schleusen sich öffnete, um einer Fähre die Durchfahrt zu ermöglichen, schlüpfte er unbemerkt hindurch. Sein Salzwasser-Körper flutete ins klare frische Süßwasser, und die Fische nahmen Reißaus vor ihm.

Der Lake Union lag am Nordrand der Innenstadt am Fuße des Queen-Anne-Hügels. Es war der kleinere der beiden Seen, und der Wasserdämon benötigte nur wenige Augenblicke, um die Ufer und den Boden zu erkunden. Er fühlte sich sofort wie in einem Gefängnis. Es gab nicht genug Platz, um richtig Fahrt aufzunehmen. In dieser Enge wäre es ihm unmöglich, seine Wellen auf zerstörerische Größe aufzutürmen. Der Dämon quetschte seinen riesigen Leib durch den Kanal, der weiter landeinwärts führte und in den deutlich größeren Lake Washington mündete.

Dort fand der Dämon ausreichend Platz, um ungehindert hin und her zu fließen und zum tiefen Grund des Sees hinabzutauchen und dort entlangzugleiten. Trotzdem empfand er Unbehagen. Von Land umschlossen zu sein war ein Gefängnis, ganz gleich wie groß der See war. Aber solange er durch die Schleusen wieder ins Meer gelangen konnte,

konnte er den See mit seinem Salzwasser ja ruhig ein bisschen verunreinigen.

Er floss über die Seeoberfläche und entdeckte zwei große Hängebrücken. Törichterweise hatten die Menschen sie direkt über das Wasser gebaut. Er konnte nicht wissen, dass jeden Tag hundertfünfzehntausend Fahrzeuge über die nähere Brücke fuhren und eine weitere signifikante Anzahl über die zweite Brücke im Süden. Der Wasserdämon dachte nicht in Zahlen. Sie kümmerten ihn nicht. Ihn kümmerte das mechanische Rauschen des Verkehrs, das an seinen Nerven zerrte und ihm Schauer durch den wogenden Körper jagte. Nirgendwo war er einer so strengen Ordnung begegnet wie hier. Die schiere Regelmäßigkeit, mit der der Verkehr über ihm vorbeibrauste, tat ihm, einem Geschöpf des Chaos, weh. Andererseits, an einem so geordneten Ort wie diesem gab es auch überwältigende Möglichkeiten, um Angst und Schrecken zu verbreiten.

Später, dachte der Wasserdämon auf seine primitive Art.

Am Ende seiner Erkundungsrunde wurde es dem Wasserdämon auch im Lake Washington zu eng. Er zog sich durch den Kanal und die Schleusen zurück in die Elliot Bay, wo er sich auf den Meeresgrund legte und seine nächsten Schritte vorbereitete.

10. Kapitel

Im Tempel der Leseratten

Lilli fuhr den pinkfarbenen Abschleppwagen bergauf, während ihre angeschlagenen Passagiere sich von den Blessuren erholten, die sie sich bei der Jagd auf den Hämmernden Mann geholt hatten. Sandy schimpfte über die fehlenden Airbags im Wagen, und Richie schwor, dass er die dämonische Skulptur eingefangen hätte, wenn Sandy nicht über den mit Trümmern übersäten Gehsteig gefahren wäre.

Lilli schüttelte nur den Kopf. »Zwei lebensgefährliche Begegnungen, und wir haben noch nicht mal die Bibliothek erreicht. Was für eine blöde Idee. Ich hätte auf mein Bauchgefühl hören und zu Hause bleiben sollen.«

»Wir sind fast da«, murmelte Sandy, die immer noch erschöpft auf dem Beifahrersitz kauerte. »Gleich da vorn.«

»Gott sei Dank«, grummelte Lilli. Dann bog sie um die Ecke, die Bibliothek erschien vor ihnen, und Lilli war sich nicht mehr sicher, ob sie Dank empfinden sollte.

Die Seattle Public Library, Seattles öffentliche Biblio-

thek, nahm den gesamten Straßenzug ein und erhob sich vor ihnen wie ein gläserner Monolith, den ein Gewirr aus Stahlträgern durchzog. Der schimmernde rechtwinklige Bau spiegelte den bleigrauen Himmel aus einem Dutzend Richtungen wider, so dass das Gebäude noch zehnmal düsterer schien als dieser düstere Tag.

Richie blickte nach oben. »Sieht wie ein Raumschiff aus«, sagte er. Er kannte die Bibliothek von früheren Besuchen.

Lilli kannte sie nicht. »Sieht beeindruckend aus«, hauchte sie ehrfürchtig.

Als sie vor dem Eingang hielten, trat sofort ein Wachmann zu ihnen heran.

»Hier ist Parken verboten, und die Bibliothek hat wegen eines Notfalls geschlossen.«

»Ich arbeite hier«, erklärte Sandy.

»Heute nicht«, brummte der Mann.

Richie schob den Kopf aus dem Fenster. »Das ist eine offizielle Angelegenheit. Wir sind hier, um illegal abgestellte Autos abzuschleppen. Schauen Sie sich doch um.« Er deutete auf die unzähligen falsch geparkten Fahrzeuge vor der Bibliothek.

»Die standen schon dort, als ich kam«, sagte der Wachmann entschuldigend. »Ich hätte sie dort nicht parken lassen.«

»Natürlich nicht«, sagte Lilli. »Und wir hier kümmern uns um das Problem.« Sie klopfte auf das Armaturenbrett.

»Ihr seht aber furchtbar jung aus, um im Abschleppgeschäft zu arbeiten.«

»Die Firma gehört meinem Vater«, sagte Lilli. »Zeig ihm deinen Ausweis, Sandy.«

Sandy zog ihren Mitarbeiterausweis der Bibliothek heraus.

Der Wachmann hob die Brauen. »Na schön, ich wurde ja nur herbeordert, um niemanden reinzulassen. Irgendwas ist mit den Büchern im Gange.«

»Wir lassen den Wagen hier stehen und machen erst einmal eine Bestandsaufnahme der Autos rings um das Gebäude, ehe wir mit dem Abschleppen beginnen«, erklärte Lilli.

Der Wachmann runzelte die Stirn, winkte sie aber zu einem mit roten Verkehrshütchen gekennzeichneten Parkbereich vor dem Gebäude weiter und nahm dann wieder seinen Posten am Haupteingang ein.

»Ich lüge nicht gern«, sagte Sandy.

»Du hast ja nicht gelogen«, bemerkte Lilli. »Das haben wir besorgt.«

Richie grinste. »Ja, das besorgen am besten die Profis.«

Sandy nickte. »Okay. Mit meiner Magnetkarte müsste sich der Mitarbeitereingang öffnen lassen.«

Sie stiegen aus dem Abschleppwagen und gingen zu einem Nebeneingang. Sandy zog ihre Karte durch das Lesegerät, aber das Lämpchen blieb rot. Sie versuchte die Tür zu öffnen. Sie ließ sich keinen Millimeter bewegen.

»Hast du nicht gesagt, mit der Karte kommen wir rein?«, sagte Richie.

»Die Dämonen haben uns ausgesperrt«, stöhnte Sandy.

Lilli blickte an dem imposanten Gebäude nach oben. Die schimmernde Oberfläche spiegelte die ganze Welt wider, die sie umgab, doch hinter den Gemäuern verbargen sich dämonische Geheimnisse. »Vielleicht gibt es einen guten Grund dafür«, sagte sie nervös.

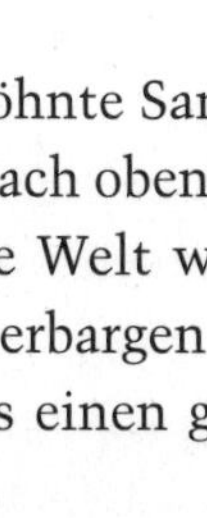

»Wir müssen es eben herausfinden«, erklärte Sandy.

»Wir wissen ja nicht mal, womit wir es zu tun bekommen«, sagte Lilli.

»Schlimmer als ein riesiger Metallmann, der uns erschlagen will, kann es nicht werden«, sagte Richie. »Und du musst zugeben, du hast unseren Gegnern heute zweimal mächtig in den Hintern getreten. Du hast einen Lauf, Lilli.«

Lilli zog die Stirn in Falten. »Kennst du den Sinnspruch ›Höre auf, solange du gewinnst?‹«

»Dies ist der falsche Zeitpunkt, um kalte Füße zu bekommen«, sagte Sandy. »Wir haben uns schon bis hierher durchgekämpft. Und vergiss nicht, es geht um *Bücher*.«

»Bücher sind dein Ding, nicht meins.«

»Bücher sind jedermanns Ding!«, ereiferte sich Sandy.

Beide Mädchen sahen Richie Hilfe suchend an.

Mit einem Schulterzucken wandte er sich zu Lilli. »Hier muss ich Frau Superhirn leider zustimmen. Bücher sind eigentlich ganz cool.«

Lilli seufzte, gab sich geschlagen. »Hey, Zoot«, rief sie. »Kannst du uns weiterhelfen?«

Zoot tropfte aus Lillis Kleidern und bildete eine pinkfarbene Lache am Boden. Lilli deutete auf die versperrte Tür, und der verflüssigte Dämon glitt einfach darunter hindurch.

»Er bringt uns rein«, sagte Lilli. »Aber falls wir auf irgendetwas stoßen, das Schlimmeres vorhat, als uns Farbe ins Gesicht zu sprühen oder uns mit einem Riesenhammer zu Klump zu schlagen, dann steige ich in Neebors Wagen und fahre hoch nach Kanada.«

»Wenn du hilfst, die Bücher zu retten«, sprudelte es aus Sandy heraus, »werde ich dich nie wieder um einen Gefallen bitten, der mit Dämonen zusammenhängt, nie wieder.«

Lilli schnippte mit den Fingern, und Zoot nahm wieder seine feste Gestalt an, um von innen die Tür zu öffnen. Sie schwang auf.

Die menschenleere Bibliothek sah von innen mindestens so spektakulär aus wie von außen.

Der nüchterne offene Innenraum hatte keinerlei Ähnlichkeit mit einer altmodischen Bücherei und ihren verstaubten Regalen. Sie war hochmodern, mit viel Glas und Metall und einem Mobiliar in Modulbauweise. Von überall strömte helles Tageslicht herein.

»Sieht alles ruhig aus«, stellte Richie fest. »Kein Geschrei, keine Zerstörungen, keine schmierigen Monster. Wo soll's denn brennen?«

»Die Bücherspirale ist oben«, sagte Sandy.

»Bücherspirale?« Lilli hob eine Braue.

»Eine über vier Stockwerke gehende Säule aus ringförmig angeordneten Bücherregalen; sie beginnt im sechsten Stock. Dort werden die großen Literatur- und Sachbuchsammlungen aufbewahrt. Genau dort soll es die Probleme geben.«

»Wenn ich dich richtig verstehe, heißt das, wir müssen wegen der abgeschalteten Fahrstühle und Rolltreppen zu Fuß in den sechsten Stock hoch«, beschwerte sich Richie. »Obwohl es keinen Hinweis auf Schwierigkeiten gibt.«

»Bist du sicher, dass du nicht einfach paranoid bist wegen deiner heißgeliebten Bücher, Sandy?«, fragte Lilli.

»Schau, ich habe gehört, dass hier Bücher vernichtet

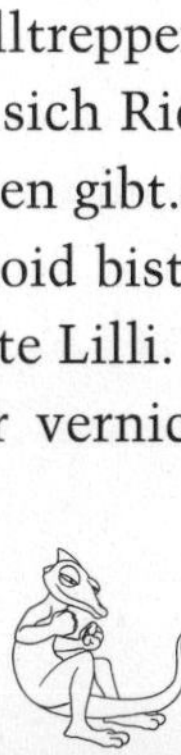

werden. Deshalb haben die Dämonen die Menschen ausgesperrt.«

»Wie's aussieht, ist dem aber nicht so«, sagte Richie und blickte durch den stillen, weitläufigen Innenraum. »Kein Vandalismus. Keine zertrümmerten Autos. Nicht mal ein zerrissenes Buch. Es gibt eine lange Liste von Dingen, die hier *nicht* geschehen sind. Hier drinnen ist niemand außer uns Dämonenjägern.«

Richie ging zum Auskunftsschalter.

Lilli schüttelte den Kopf. »Ich sage es nur ungern, aber ich muss dem Bengel beipflichten. Hier ist absolut nichts im Gange, tote Hose. Ich meine, wenn man es mit der Graffitigang oder dem Hämmernden Mann vergleicht, dann ist es …«

»Hey!«, rief Richie. Seine Stimme schallte durchs Erdgeschoss der Bibliothek. »Ich hab was entdeckt!«

Die Mädchen eilten zum Schalter, wo Lilli eine geduckte Kampfposition einnahm, bereit sich zu wehren oder zu fliehen.

»Was ist es?«, fragte Sandy atemlos.

Richie erhob sich hinter dem Schalter mit einem Skateboard in der Hand. »Das Fundbüro!«

Sandy verzog das Gesicht.

»Und seht euch die anderen coolen Sachen an«, sagte Richie und zeigte ihnen ein E-Book und ein Handy, auf dem er ein Zombie-Kampfspiel öffnete.

»Richie, wir sind hier, um Bücher zu retten, nicht um Zombies zu killen. Außerdem gehören dir die Sachen nicht.«

»Du klingst wie meine Mutter«, sagte Richie.

»Komm da raus«, befahl Sandy und winkte ihn hinter

dem Schalter hervor. Richie verdrehte die Augen, sprang über den Tresen und schlenderte auf die unbewegte Rolltreppe zu.

»Das behalt ich aber, solange wir hier sind«, sagte er und klopfte liebevoll auf das Skateboard.

Lilli zuckte mit den Schultern und folgte den beiden.

Die drei stiegen die Rolltreppe hinauf, vorbei an neongelben Wänden und sonderbaren eiförmigen Kunstobjekten. Die Bibliothek war nicht gemütlich. Es roch sauber, fast steril, und der stählerne Fußboden und die klinisch weißen Wände ließen es wirken wie ein riesiges Laboratorium. Das kantige Mobilar verstärkte das Industrieflair noch, und Lilli fragte sich, wie man es sich auf einem harten kantigen Sofa bequem machen sollte, um in einen Roman reinzulesen.

»Ist es nicht herrlich hier?«, brach es aus Sandy heraus.

»Wenn du meinst«, entgegnete Lilli. »Jedenfalls ist es groß.«

Als sie den sechsten Stock erreichten, schlurfte Richie lautstark und hechelte vernehmlich.

»Schon gut, Richie«, sagte Sandy. »Ich habe es verstanden.«

»Was ist das?«, fragte Lilli.

Sie standen vor einer nach oben führenden Rampe, die sich um die zentrale Rolltreppe herumwand. Seitlich der Rampe gingen reihenweise Gänge mit Bücherregalen ab.

»Die Bücherspirale«, seufzte Sandy. »Alle Sachbücher befinden sich rings um die Spirale, so dass man wie auf einer Wendeltreppe durch die einzelnen Abteilungen nach oben gelangt.«

»Da wird einem ja schwindlig«, sagte Richie.

Sie gingen an der Abteilung mit Regierungsdokumenten und Zeitungen vorbei.

»Hier scheint auch alles in Ordnung zu sein«, sagte Lilli.

»Deine Quelle muss dich falsch informiert haben«, fügte Richie hinzu.

Sandy räusperte sich gewichtig und trat an eines der Metallregale heran, blickte stirnrunzelnd den Gang hinunter. Schließlich zog sie eine Ausgabe des *The Seattle Municipal Code* heraus, Seattles Stadtordnung, und schlug das Buch auf.

Dann schrie sie.

11. Kapitel

Die Schmelzfelder

Nate war noch dabei, sich in dem ihm zugewiesenen Iglu einzurichten, als Carma erschien und verkündete, es sei Zeit, zur Arbeit zu gehen.

»Zur Arbeit?«

»Wir gehen hier alle einer Arbeit nach«, sagte sie. »Du fängst auf den Feldern an.«

»Was für Felder denn?«

»Die Schmelzfelder, wo wir das aus dem Ozean herausgefilterte Plastik mit der Insel verschmelzen.«

»Ich weiß nicht, wie man das macht«, sagte Nate.

»Kannst du mit einer Schaufel umgehen?«

»Ja.«

»Kannst du körperliche Arbeit verrichten, bis dir der Rücken wehtut, bis dir deine Zunge wie eine Staubpiste vorkommt und du Schwielen an den Händen hast?«

»Wenn es sein muss.«

»Dann wirst du klarkommen.«

Sie gingen zum Hauptplatz des Lagers, wo Nate dem An-

führer des Arbeitstrupps vorgestellt wurde. Es war die Frau mit dem Stirnband, die gegen ihn gestimmt hatte. Sie lächelte Nate an, als wäre nichts gewesen.

»Willkommen in unserer Kolonne«, sagte sie und drückte ihm eine Schaufel in die Hand.

Die drei schlossen sich zwei anderen Inselbewohnern an, die große Schubkarren mit ausgesiebten Plastikkörnern vor sich herschoben. Einen halben Kilometer weiter blieben sie stehen, kippten ihre Ladungen aus und verteilten die Körner mit Besen großflächig über den Boden. Carma stellte eine große helle Metallplatte auf, die die heißen Sonnenstrahlen reflektierte, und richtete den Lichtstrahl auf die neuen Plastikkörner.

»Die Hitze macht sie weich und verschmilzt sie mit dem Inselboden«, sagte sie.

»Ihr fügt Schicht um Schicht übereinander?«, fragte Nate.

»Ja. Das ist unsere ehrenvolle Arbeit. Toll, was? Es wird noch lustiger, nachdem man es über Monate hinweg einige hundert Male getan hat.«

Die Stirnband-Frau ging an ihnen vorbei, und Carma zauberte sich ein falsches Lächeln ins Gesicht. »Komm, Nate, wir holen die nächste Ladung«, zwitscherte sie.

Schweigend machten sie sich daran, die leeren Schubkarren zurückzuschieben, doch sobald sie außer Hörweite der anderen waren, wandte Carma sich zu ihm.

»Morgen kommt das Versorgungsboot. Was denkst du darüber?«

»Ich glaube, wenn es ablegt, wäre ich gern an Bord«, sagte Nate.

»Das behältst du am besten für dich.«

»Vielleicht kann ich mich raufschleichen.«

Carma kam nicht umhin zu grinsen. »Viel Glück«, sagte sie. »Franco und der Erste Maat des Bootes schieben Wache.«

»Das Boot wird bewacht? Wer sollte es denn stehlen?«

»Na, du zum Beispiel«, sagte sie. »Man weiß nie. Es könnte andere geben, die von hier verschwinden möchten. Dissidenten, Unzufriedene.« Sie sah ihn forschend an. »Leute, die Probleme bekämen, falls sie sich gegen die Philosophie der Kooperative aussprächen. Man muss aufpassen, wen man sich zum Freund nimmt ...«

Dann schnallte sie sich die Schaufel auf den Rücken und marschierte zum Lager weiter.

Die Sonne brannte gnadenlos auf sie herab, während sie Stunde um Stunde hin und her marschierten und Plastikkörner schaufelten. Es gab keinen Schatten auf der baumlosen Insel. Als sie ihre Schicht auf dem Schmelzfeld beendeten, hatte Nate einen Sonnenbrand im Gesicht und Nacken, und ihm schmerzte der Rücken.

»Das war harte Arbeit«, sagte er. »Wie in einer Sträflingskolonie.« Er stieg in sein Iglu und ließ sich auf das Plastikbett fallen.

»Hier ist dein Wasser«, sagte Carma und reichte ihm einen kleinen, halb leeren Plastikbecher herein.

»Ist das alles?«, fragte Nate fassungslos.

»Ja. Verschütte es nicht.«

»Mehr kriegt man nicht zu trinken nach der stundenlangen Plackerei in der prallen Sonne?«

»Wir müssen das Trinkwasser rationieren. Es reicht gerade aus, um nicht zu dehydrieren.«

»Läuft es hier jeden Tag so?«

»Hör zu«, sagte Carma mit erhobenem Zeigefinger. »Kleb dir beim Abendessen ein seliges Lächeln ins Gesicht. Sonst landest du, ehe du dich's versiehst, im Meer. Die anderen werden dich beobachten, um zu sehen, ob du dich akklimatisierst oder dich widersetzt.«

Nate seufzte. »Okay. Na ja, wenigstens gibt's gleich was zu essen. Ich habe einen Mordshunger. Was steht denn auf dem Speiseplan?«

»Das Übliche«, sagte sie. »Seegras.«

Nate stöhnte auf.

12. Kapitel

Bücherwürmer

Sandy war so erschüttert, dass ihr das Buch aus den Händen fiel.

»Was ist los?«, rief Richie.

Lilli kam herbeigeeilt. »Alles in Ordnung mit dir?«

Die entsetzte Assistenzbibliothekarin deutete auf das Buch am Boden. Lilli ging darum herum, darauf bedacht, den gebundenen Einband nicht zu berühren. Sie stieß ihn mit dem Fuß an.

Richie verdrehte die Augen, schob Lilli beiseite und hob das Buch kurzerhand auf. Lilli zuckte zusammen, als er es aufschlug.

Genervt legte er den Kopf schräg. »Mann, da steht ja gar nix drin.«

»Das ist ja das Problem!«, entgegnete Sandy. »Es ist leer!«

Lilli zog das nächste Buch heraus. Es war ebenfalls leer. Das nächste auch.

»Also … das haben sie gemeint«, stammelte Sandy. »Ir-

gendein Dämon lässt den Text von den Seiten verschwinden.« Sie hielt einen Moment inne, dachte nach, was das bedeutete. »Oh mein Gott! Die legendäre Seattle-Sammlung. Sie befindet sich im zehnten Stock. Dort entlang. Schnell!«

Sie stürmten die Rolltreppe hinauf, Sandy vorneweg. Sobald sie keuchend den neunten Stock erreichten, riss sie das erstbeste Buch aus dem Regal und klappte es auf. Es war unbeschädigt und vollständig bedruckt.

»Wörter!«, rief sie entzückt. »Herrliche schwarze Buchstaben und Satzzeichen. Gott, wie ich euch liebe!«

»Du bist ein echter Freak«, sagte Richie. »Das ist dir doch klar, oder?«

Sandy fuhr herum. »Was für ein Dämon es auch ist, er hat den zehnten Stock noch nicht erreicht. Anscheinend arbeitet er sich systematisch durch das Dewey-Dezimalsystem. Das bedeutet, er ist irgendwo zwischen hier und dem sechsten Stock. Ich gehe zurück und fange unten an, arbeite mich nach oben. Richie, du fängst hier oben an und prüfst auf dem Weg nach unten alle paar Meter die Bücher, damit wir die Stelle finden, wo die gelöschten Texte beginnen.«

Im nächsten Moment war Sandy verschwunden, stürmte die Rolltreppe noch schneller hinunter, als sie sie hinaufgerannt war.

Lilli und Richie sahen sich an. Er warf das Skateboard auf die Rampe. »Es geht abwärts?«, sagte er grinsend, rollte los und nahm Fahrt auf.

Lilli rannte ihm nach.

Richie schoss auf dem geliehenen Skateboard die spiralförmige Rampe hinunter. Im achten Stock stieß er alle paar Meter ein Buch vom Regal. Lilli fing es auf und prüfte die Seiten oder warf nur einen schnellen Blick darauf, wenn ein Buch schon aufgeklappt am Boden lag.

»Das ist in Ordnung!«, rief sie. »Das auch.« Sie vergewisserte sich, dass alle Bücher noch gedruckte Wörter auf den Seiten hatten. »Gut. Gut. Gut. In Ordnung. In Ordnung. In Ordnung.«

Lilli rannte, und Richie skatete, und bald hatten sie entlang der Rampe stichprobenartig zwei Stockwerke mit Büchern überprüft.

Sandy arbeitete sich von unten nach oben. Sie würden sich irgendwo in der Mitte treffen, dachte Lilli. Sie und Richie überprüften die Biografien, Atlanten und Genealogien und fanden nichts außer makellosen Büchern voller Wörter. Richie verlagerte das Gewicht und schoss um die Kurve ins Kunst-, Literatur- und Musikstockwerk. Plötzlich schloss Lilli zu ihm auf, packte ihn an der Schulter und riss ihn vom Skateboard herunter. Er kam taumelnd zum Stehen, während das fahrbare Holzbrett gegen die Wand prallte und mit den Rädern nach oben liegen blieb.

»Was soll das?«, schimpfte Richie. »Du hast mir eine perfekte Abfahrt versaut.«

»Hör mal«, entgegnete Lilli und deutete quer durch den Raum. Sie vernahm ein leises Knirschen, wie das Geräusch, wenn man auf Ameisen tritt. Es war kaum zu hören, und sie war sich sicher, dass kein normaler Mensch es würde hören können, aber sie vernahm es ganz deutlich.

»Ja, da ist was!«, sagte Richie. Er hörte es ebenfalls.

Das Knirschen erstarb, sobald seine Stimme erklang.

»Schhhhh.« Lilli legte einen Finger an die Lippen.

Sie flüsterte Richie zu, ihr zu folgen. Sie schlichen nun langsam zwischen den glänzenden Metallregalen hindurch, prüften im Vorübergehen die Bücher. Bisher keine leeren Seiten. Als sie den Raum halb durchquert hatten, erschien Sandy am anderen Ende der Rampe.

Lilli machte sich winkend bemerkbar, dann signalisierte sie Sandy, sie solle in der Musikabteilung weitermachen und dass sie selbst in der Literaturabteilung seien und sie in der Kunstabteilung treffen würden. Sandy war klug. Sie verstand, nickte und schlich zu den Regalen mit Musikbüchern. Das erste Buch, das sie herauszog, hatte leere Seiten. Sie hielt es hoch, damit die anderen es sahen. Lilli nickte ihr zu. Wer auch immer die Texte verschwinden ließ, er befand sich zwischen der Literatur- und der Musikabteilung.

»Der Dämon ist in der Kunstabteilung«, flüsterte Lilli Richie zu.

»Was für einer wird es wohl sein?«

»Keine Ahnung.«

»Wie lautet der Plan?«

»Hatten wir je einen Plan?«

»Du bist keine Hilfe«, sagte Richie.

Draußen schimmerte das rötliche Licht der untergehenden Sonne auf der Glas- und Stahlfassade der Bibliothek, während drinnen die abendlichen Schatten durch die einzelnen Gänge krochen und von der Fensterwand auf Lilli und Richie zuglitten. Plötzlich kam es ihnen ziemlich einsam vor ohne die Leser, die sich über ihre Bücher beugten, ohne die Studenten, die in ihre Laptops tippten, und ohne die anderen Gäste, die über den Rand ihres Romans hinweg vorbeigehende Leute beobachteten. Lilli spürte sogar die Abwesenheit der wachsamen Bibliothekare. Auch Richie schien mulmig zu werden.

»Das Licht schaltet sich bei Sonnenuntergang nicht automatisch ein?«, fragte er.

»Offenbar nicht«, sagte Lilli. »Die haben das Gebäude komplett abgeschaltet. Wir kriegen höchstens eine Notbeleuchtung.«

Sie hatten den Raum halb durchquert, und die Bücher, die sie und Richie überprüften, waren immer noch vollständig bedruckt. Sandy zog auf ihrer Seite weiterhin leere Bücher heraus, bis nur noch ein einziger Gang zwischen ihnen lag. Lilli und Richie erreichten ihn von der einen Seite, und am anderen Ende trat Sandy um die Ecke. Plötzlich setzte das leise Knirschgeräusch wieder ein. Mit Pantomimensprache übermittelte Lilli ihr die Frage: *Hörst du das?* Sandy lauschte, dann zuckte sie mit den Schultern.

»Sie hört es nicht«, flüsterte Lilli Richie zu.

»Ja, wir können den Dämon hören«, sagte Richie, »sie nicht. Glaub mir, falls es ein normales Bibliotheksgeräusch wäre, würde sie es hören… sie ist schließlich Bibliothekarin. Einmal hat sie sogar gehört, wie ein Gast einen Kaugummi unterm Tisch angeklebt hat. Das bedeutet, dieses Geräusch stammt von einem Dämon. Und dass es das Geräusch überhaupt gibt, bedeutet, er ist noch hier.«

»Wie auch immer, ich sehe kein Monster mit Reißzähnen«, sagte Lilli, während sie nach dem nächsten Buch griff, einem übergroßen Band mit dem Titel *Comic-Zeichnen für jedes Alter.* »Deshalb haben wir, glaube ich, nicht viel zu befürchten.« Als sie das Buch anhob, erstarb das knirschende Geräusch erneut. Sie schlug das Buch auf.

Im ersten Moment hatte sie das Gefühl, aus dem Einband würde eine Flüssigkeit auslaufen und ihr über die Arme strömen. Aber das, was sie über ihre Arme fließen sah, war nicht nass. Es war … schleimig. Es war keine Flüssigkeit, sondern ein wallender Teppich aus …

»Würmer!«, brüllte Richie.

Tausende der kleinen, sich windenden Krabbler kamen als zusammenhängende Masse aus dem Buch herausgeschossen und stürzten sich auf Lilli, krochen ihr, angetrieben von den winzigen Beinchen an ihren Körperseiten, über Haut und Kleidung. Lilli schrie, während die ersten Würmer in ihren Ärmeln verschwanden und ihr über die Schultern krabbelten.

Zoot explodierte aus ihrem Blusenmuster und hieb mit seinem Dreizack auf die schleimigen Heerscharen ein.

Der Hauptklumpen der Würmer sprang von Lillis Schulter, landete auf Richies T-Shirt, verschwand in seiner Hose, krabbelte an seinem Bein hinunter und fiel aus dem Hosenbein zu Boden, während Richie einen wilden Affentanz aufführte, um die Dinger abzuschütteln.

Dann huschten die Würmer unter das Regal und waren verschwunden.

»Was ist da eben passiert?«, fragte Sandy, die gerade rechtzeitig eintraf, um nichts mehr mitzubekommen.

»Ich glaube, wir haben die Übeltäter gefunden«, sagte Richie und sah dann, dass Lilli noch immer wie erstarrt dastand und am ganzen Leib zitterte.

»Geht es dir gut?«, fragte Sandy.

Lilli starrte noch einen Moment lang ins Leere und stützte sich dann mit der Hand am Regal ab.

»Ich glaube, sie hat 'nen richtigen Schock«, sagte Richie. »Kann man ihr nicht verdenken. Du hättest diese Wurmoiden mal sehen sollen, die aus dem Buch rausgeschossen kamen.«

Er zeigte Sandy den Einband. Die Würmer hatten sich bereits durch das halbe Buch gefressen: Die Seiten der ersten Hälfte waren leer. Die Wörter, bei denen sie aufgehört hatten, waren zerstückelt und schon halb verschwunden.

»Wurmoiden?«, wiederholte Sandy unsicher.

»Bücherwürmer«, sagte Lilli leise.

Sandy und Richie nickten. Lilli hatte völlig recht.

»Schau mal auf dein T-Shirt, Richie«, sagte Sandy.

Sie alle starrten darauf. Auf dem T-Shirt hatte »BÖSER BENGEL« gestanden, aber die Bücherwürmer hatten mehrere Buchstaben verschlungen, so dass nun nur noch »Ö ENGEL« darauf stand.

Richie verzog das Gesicht. »Na toll!«

»Sieh mal in deiner Hose nach«, sagte Lilli.

»Brauch ich nicht«, schimpfte Richie. »Du bist doch diejenige, die sich fast eingekackt hat!«

»Nein. Ich meine wegen der Würmer, die dir in die Hose gekrochen sind. Überprüf mal das Etikett.«

Sandy packte Richies Hose von hinten und drehte das Herstelleretikett nach außen. Die Wörter waren verschwunden.

»Die haben dir den Aufdruck vom Etikett der Unterhose gefressen.«

»Mann! Wie uncool! Das war ein Designerteil!«

Plötzlich hielt Richie inne und wand sich, dann schüttelte er sein linkes Hosenbein. Heraus fiel ein übrig gebliebener Wurm.

»Schnapp ihn dir!«, rief Lilli.

»Wen denn?«, fragte Sandy, die das Geschöpf nicht sah.

Richie stürzte sich mit ausgestreckten Armen auf den fliehenden Wurm. »Hab ich dich!« Er hob die Hand, hielt das kleine Wesen zwischen den Fingern hoch. Es war schwarz-weiß, mit übertrieben kugelförmigen Segmenten und kreisrunden Augen mit einem schwarzen Punkt in der Mitte. Die schwarzen Beinchen, die aufgeregt hin und her wackelten, waren nur schlichte schwarze Linien.

»Oh, jetzt sehe ich ihn auch«, sagte Sandy.

»Er sieht aus wie eine Comiczeichnung«, bemerkte Lilli.

»Man ist, was man isst«, sagte Richie. »Und er hat sich durch ein Buch übers Comiczeichnen gefressen. Ist doch klar, dass er wie eine Comiczeichnung aussieht.«

Lilli und Sandy eilten zur nächsten Reihe von Büchern.

Genau in dem Moment sprang ein Dutzend Würmer aus einem Buch in der Nähe; ihre knallbunten Glupschaugen saßen schief am Kopf und blickten in unterschiedliche Richtungen.

»Sie sind dort, in der Picasso-Sektion!«, rief Lilli.

Sandy stürmte an das eine Ende des Ganges, Richie und Lilli ans andere.

»Ich kann sie nicht sehen«, rief Sandy. »In dem Gang liegt nur eine Dose Tomatensuppe.«

Lilli spähte hinüber und sah die rote Campbell's-Suppendose an Sandy vorbeirollen. Sie seufzte. »Sie waren in der Andy-Warhol-Sektion!«

»Schnapp dir die Dose!«, brüllte Richie.

Sandy langte nach der vorbeirollenden Dose, aber als sie die Hand darum schließen wollte, löste das Metall sich in Tausende herumschwirrender Würmer auf, die in alle Richtungen davonhuschten.

»Sie werden sich neu formieren«, sagte Lilli und trottete zu Sandy hinüber, die mit leeren Händen wütend am Ende des Ganges stand.

»Wie kann es sich bei einer fest organisierten Gruppe von Comicinsekten, die sich systematisch durch das Dewey-Dezimalsystem arbeiten, um Chaos handeln?«, fragte Sandy.

Lilli deutete auf die Bücher. »Wenn man Chaos verursachen will, bestünde eine gute Möglichkeit darin, Informationen zu eliminieren, richtig?«

»Okay«, sagte Sandy. »Dann scheinen sie also das Ordnungsprinzip der Bibliothek zu benutzen, um maximales Chaos anzurichten. Hast du gesehen, wo sie hin sind, Richie?«

»Na ja, sie stürzten in meiner Hose hinunter, dann haben sie sich durch die berühmten Maler gefressen. Da lang, glaub ich.« Er deutete die Rampe hinauf.

Sandy keuchte erschrocken auf. »Die legendäre Seattle-Sammlung. Kommt schon!« Sie stürmte zur Rampe.

Richie zögerte, überlegte. »Wir treffen uns oben«, sagte er schließlich. Er versetzte dem Comic-Bücherwurm, den er in seiner Tasche festhielt, einen Stupser, packte das Skateboard und schoss die Rampe hinunter.

»Wo willst du hin?«, rief Sandy ihm nach, aber es war zu spät. Richie war verschwunden. Sandy schnaubte verärgert, dann rannte sie die Rampe hinauf, den Würmern hinterher.

Lilli blickte nach unten in Richtung Richie, dann nach oben zur davoneilenden Sandy. Plötzlich war sie ganz allein im sechsten Stock. Die Bücherwürmer waren eklig und unheimlich. Sie spürte es immer noch auf der Haut, wo die kleinen Kerle über sie hinweggekrabbelt waren. Sie wollte nicht allein sein.

»Warte auf mich«, rief sie und rannte Sandy hinterher.

Als Lilli den zehnten Stock erreichte, sah sie, wie Sandy sich an einer Plexiglaswand hochhangelte, hinter der sich die Seattle-Sammlung befand. In den umschlossenen Bereich gelangte man eigentlich durch eine momentan abgesperrte Tür, neben der tagsüber ein wachsamer Bibliothekar an einem Schreibtisch saß, um sicherzustellen, dass keiner der Gäste den Bereich mit einem der seltenen Bücher verließ. Die Regale waren voller schwerer, in dickes Leder gebundener Bände. Sie waren alt, aber gut erhalten und kein bisschen verstaubt.

Die Bücherwürmer waren dort drin. Lilli konnte hören, wie sie sich durch Seattles seltenste und wertvollste Bücher fraßen. *Aber Sandy wird sie nicht finden,* dachte Lilli. Sandy war kein Hüter. Sie hörte sie nicht. Sie konnte sie nicht einmal sehen, ehe Richie einen fing und ihn ihr vor die Nase hielt.

Sandy plumpste auf der anderen Seite der Plexiglaswand hinunter in den umschlossenen Bereich und schlug unsanft am Boden auf.

»Aua!«

Lilli seufzte und sprang hoch, um ihr hinterherzuklettern. Sie schwang ein Bein über die Glaswand und ließ sich auf der anderen Seite geschmeidig neben Sandy hinunter.

»Hörst du sie?«, fragte Sandy, setzte sich auf und rieb sich den schmerzenden Rücken.

»Ja«, sagte Lilli. »Dort entlang.«

Sie half Sandy auf die Beine, und sie eilten zu den Archiven, die die wertvollsten Bücher der Sammlung enthielten. Auf zwei Ablagen standen die allerkostbarsten Exemplare. Sandy nahm eines heraus und duckte sich, bereit, auf jeden Wurm einzudreschen, der von irgendwoher herangeschossen kam. Lilli stellte sich neben sie und blickte wachsam von rechts nach links.

»Du sagst mir, wenn du sie kommen siehst, okay?«, meinte Sandy.

»Klar.«

»Hörst du sie noch?«

»Ja«, antwortete Lilli. Tatsächlich hörte sie, wie die kleinen Biester sich mit Heißhunger vollfraßen, dann ließ ein Rascheln sie nach links schauen.

Plötzlich wuchs ein Baum aus einem Regal im nächsten Gang. Lilli starrte hin, während er sich rasch von einem Schössling in eine hoch aufragende Douglasfichte verwandelte, die bis unter die Decke der Bibliothek reichte. Sandy blickte noch in die andere Richtung.

»Sandy«, flüsterte Lilli, »was für Bücher stehen links von uns?«

»Über Seattles Geschichte«, sagte Sandy. »Die ersten Siedlungen, Pioniere, Holzfällerstädtchen.«

»Holzfäller, ja?« Lilli schaute nach oben. Sie tippte Sandy auf die Schulter.

Die Assistenzbibliothekarin wandte sich um und blickte auf. »Oh mein Gott!«

»Dann siehst du ihn also, richtig?«

Sandy nickte fassungslos.

Über ihnen begann der dicke Baumstamm, sich zu winden und zu verdrehen wie ein Ringelwurm. Schließlich neigte er sich zur Seite und kippte um.

»Achtung, Baum!«, rief Lilli und warf sich zu Boden.

Sandy blieb dafür keine Zeit. Sie konnte nur aufschreien, als die riesige Tanne ihr auf den Kopf herabkrachte. Aber statt sie zu erschlagen oder in den Boden zu rammen wie einen menschlichen Nagel, löste der Stamm sich plötzlich in Abertausende von Würmern auf, die in alle Richtungen davonhuschten.

Beide Mädchen erstarrten. Sandy stand reglos da, konnte nicht glauben, noch am Leben zu sein, und Lilli lag wie versteinert am Boden und durchlebte noch einmal den Albtraum, die schleimigen kleinen Geschöpfe über sich hinwegkrabbeln zu spüren. Nun konnten die Würmer ihr zerstörerisches Werk ungehindert fortsetzen und machten sich über eben jene Regale her, die Sandy und Lilli vor ihnen hatten schützen wollen.

»Wo … sind sie hin?«, stammelte Sandy, die immer noch am ganzen Leib zitterte.

Lilli rollte sich auf die Seite. »In ein riesiges Buch, auf dessen Rücken Mount Saint Helens steht.«

»Oh, nein! Das ist der Vulkan, der im Umkreis von zweihundert Kilometern alles zerstört hat!«

Lilli beobachtete, wie der letzte Wurm zwischen den Buchseiten verschwand. Sie brachte es nicht über sich, nahe genug heranzugehen, so dass die kleinen Biester wieder über sie hinwegschwärmen würden, und sie war ohnehin zu weit entfernt, um sie noch aufhalten zu können. Sie wusste, dass Zoot nicht würde helfen können. Er würde sich nie in die Nähe von etwas begeben, was Kunstwerke zerstörte, sei es in Büchern oder sonst wo. Das Vulkan-Buch begann sich aufzublähen, dann lief es rot an.

»Gleich wird es explodieren!«, warnte Lilli. »Lauf weg!«

In dem Moment kam Richie von der Plexiglaswand in die Seattle-Sammlung herabgehechtet wie ein Fallschirmspringer ohne Fallschirm. Er rollte sich ab, kam auf die Beine und hielt das E-Book aus dem Fundbüro hoch.

»Hey, Wurmoiden!«, rief er und schaltete das elektronische Lesegerät ein. »Hier hab ich Bücher für euch, Jungs, Tausende von Büchern in diesem kleinen Apparat!«

Ein schleimiger roter Kopf lugte aus den Seiten des Vulkan-Buchs heraus. Richie hielt ihm das Lesegerät entgegen. Ein zweiter Wurm kam dazu, neugierig geworden, dann ein dritter. Die Ausbuchtung in dem Buch wurde kleiner, als mehr und mehr Würmer aus den Seiten herauskrochen. Richie ging die Liste der im E-Book gespeicherten Bücher durch.

»Mark Twain, Shakespeare, Stephen King, alle möglichen Enzyklopädien. In dem Kasten befindet so viel Lesestoff wie auf dem gesamten Stockwerk hier. Es ist eine wahre Schatztruhe an Büchern.«

Die Würmer kamen alle gleichzeitig auf ihn zugesaust, wie beseelt von einem einzigen Geist. Fast bereute Richie die Wirkung seiner Rede ein wenig, während er das Lesegerät hochhielt wie einen Schild, um sich des Ansturms zu

erwehren. Die Würmer rasten aus zwei Meter Entfernung heran wie fliegende Lava und hielten auf den Bildschirm des E-Books zu.

Lilli begriff, was Richie vorhatte, und war sich beinahe sicher, dass es nicht funktionieren würde. Aber die Würmer verschwanden tatsächlich im Bildschirm, jeder einzelne mit einem leisen *Plip,* sodass es erst klang wie tropfender Regen, dann wie eine prasselnde Sturzflut und dann wieder wie einzelne Regentropfen, bis der Letzte von ihnen im Lesegerät verschwunden war.

»Gut gemacht, Jungs«, lobte Richie. »Kommt zu Papa …« Er schaltete das E-Book aus, dann schlug er es gegen einen Geländerpfosten und demolierte den Bildschirm. »Fertig«, verkündete er grinsend. »Ich wette, jetzt kommen sie nicht mehr raus.«

»Die stecken alle da drin?«, fragte Lilli verblüfft.

»Sieht so aus, oder?«, sagte Richie.

»Du Idiot!«, brüllte Sandy. »Hast du soeben Informationen fressende Würmer ins Internet gelassen?«

»Reg dich ab«, sagte Richie und bedeutete ihr, sich zu beruhigen. »Ich hab sie nur auf die lokale Festplatte gelassen. Glaubst du, ich bin blöd?«

Sandy antwortete nicht.

Lilli zuckte mit den Schultern. »Manchmal schon.«

»Na toll. Da besiege ich die bösen Bücherwürmer, die euch lahmen Bräuten beinahe den Garaus gemacht hätten, und dann muss ich mich dafür noch beleidigen lassen?«

Die erleichterten Mädchen atmeten vernehmlich aus, und plötzlich fingen alle drei an zu lachen. Dann überraschte Sandy Richie mit einer Umarmung und einem dicken Schmatzer auf die Wange.

»Vielen, vielen Dank, dass du meine Bibliothek gerettet hast«, sagte sie.

»Die Bibliothek gehört allen«, erwiderte er, »aber trotzdem, keine Ursache, Sandy.« Als Sandy ihn losließ, wandte er sich an Lilli. »Kriege ich von dir auch einen Schmatzer, Puppe?«, fragte er und wackelte mit den Augenbrauen.

»Das hättest du wohl gern«, entgegnete Lilli grinsend und bot ihm stattdessen ihre Hand zum Abklatschen an.

»Wie lahm …«, sagte er. »Aber warum nicht?« Er klatschte sie ab, dann deutete er mit dem Daumen zur Rampe. »Lasst uns von hier verschwinden, ja?«

13. *Kapitel*

Aus eins mach zwei

Die Ankunft des Versorgungsboots war ein großes Ereignis auf dem isolierten Plastikklumpen, der wie ein eigensinniger Eisberg im Pazifik dümpelte. Das Ankunftsdatum war ein streng gehütetes Geheimnis. Als die Leute sahen, wie das grüne Gefährt auf die Insel zugetuckert kam, erhob sich lautes Freudengeschrei, und alles stürmte zur Anlegestelle, die kaum mehr war als ein Plastikquader von der Größe einer Einfahrt. Sie ragte ein Stück vor und klatschte, während die Insel auf und ab schwappte, unablässig aufs Wasser wie eine Zunge, die der Welt Himbeeren entgegenspuckt.

Das Boot bedeutete frisches Obst, Gemüse, Reismilch, biologisch abbaubares Shampoo, chemiefreie Sonnencreme, Patschuliöl, um den Schweißgeruch menschlicher Ausdünstungen zu überdecken, und andere Notwendigkeiten für das Inselleben. Es gab keine Genussmittel außer zwei Kästen Bier, was bedeutete, dass jeder Inselbewohner eine Flasche bekam. Einige Leute tauschten ihr

Bier gegen Äpfel oder Orangensaft. Fleisch gab es natürlich keines. Jeder auf der Insel war Vegetarier. Nate war sich nicht sicher, ob dies eine strenge Regel war oder nur ein Zufall, aber während er beim Entladen half, erinnerte ihn sein Heißhunger auf einen saftigen Hamburger daran, dass er nicht hierhergehörte. Die Lebensmittel waren allesamt organisch und blieben nicht lange frisch, da sie keine Konservierungsstoffe enthielten. Carma erklärte, dass nach einigen Tagen der Schlemmerei die Mahlzeiten wieder aus Dosenessen und Seegras bestehen würden, bis einige Wochen später die nächste Lieferung eintraf.

Eigentlich dachte Nate gar nicht ans Essen. Vielmehr studierte er das Boot. Es war größer als die WANDERER, etwa fünfzehn Meter lang, aber immer noch klein genug, um damit zurechtzukommen, befand Nate. Er verspürte einen Anflug von Traurigkeit wegen des Verlusts von Dhaliwahls altem Boot. Es hatte den Dämonenhütern drei Generationen lang gute Dienste erwiesen und ihm selbst zweimal das Leben gerettet. Nun war es nur noch Kleinholz, das im Großen Pazifischen Müllstrudel trieb, ein trauriges Grab für ein so edles Gefährt.

Carma trat hinter ihm heran und flüsterte ihm ins Ohr: »Es ist zum Verrücktwerden, oder? Da steht direkt vor unserer Nase ein Fluchtfahrzeug, das uns von dieser schwimmenden Kläranlage fortbringen könnte, und morgen früh ist es einfach wieder weg.«

»Warum bitten wir den Doktor nicht einfach, gehen zu dürfen?«, fragte Nate.

»Niemand darf gehen«, entgegnete Carma. »McNeil möchte diesen Ort zwei Jahre lang aufbauen, bevor er sich

an die Öffentlichkeit wendet. Er vertraut keinem, deshalb darf niemand außer der Bootsbesatzung die Insel vorzeitig verlassen.«

»Wie lange seid ihr alle denn schon hier?«

»Dreihundertvierundzwanzig Tage. Aber wer zählt schon mit?«

»Na du, und du klingst verbittert«, sagte Nate. Er dachte über das Boot nach, während er Dosenerbsen auf einen Plastikschlitten lud. »Könnte ich nicht einfach an Bord schleichen und mich irgendwo verstecken?«

»Es wird bewacht«, sagte Carma. Sie deutete auf Franco, der mit verschränkten Armen neben dem Liegeplatz stand und die Leute argwöhnisch beobachtete. »Und bevor es ablegt, wird abgezählt, ob wir noch alle da sind.«

»Dann gibt es keine Möglichkeit, die Insel zu verlassen.«

»Doch, eine gibt es«, sagte Carma.

»Welche denn?«

»Man müsste das Boot entführen.«

Nate runzelte die Stirn. »Korrigier mich, falls ich etwas Falsches sage, aber selbst unter normalen Menschen wird eine Schiffsentführung auf dem offenen Meer mit dem …«

»… Tod bestraft«, beendete Carma den Satz für ihn. »Ja, man müsste extrem vorsichtig sein. Und vorher monatelang planen.«

Nate hob die Brauen. Sie nickte ihm zu, bestätigte seinen Verdacht.

»Und warum bist du dann noch hier?«, flüsterte er.

»Ich kann auf hoher See kein Boot navigieren. Ich bin als Passagier hergekommen. Falls ich es allein versuchte, wäre ich auf dem Meer verloren. Da könnte ich mich auch gleich aussetzen lassen. Und jemanden um Hilfe zu bitten, kann ich nicht riskieren. Derjenige könnte mich an McNeil verraten, dann müsste ich nach Hause schwimmen. Er sagt immer: ›Wenn es euch hier nicht mehr gefällt, könnt ihr die Insel jederzeit verlassen.‹« Sie deutete auf Nate. »Aber *du* kannst ein Boot navigieren, und ich weiß genau, dass du abhauen willst und dass du mich auf keinen Fall an McNeil verraten würdest. *Du* kannst mich hier rausholen.«

Am frühen Abend versank die Sonne im Meer, und es wurde still auf der »Insel der Hoffnung«, wie ihre Bewohner sie nannten. Carma nannte sie »Insel der Hoffnungslosen«. Die Insulaner zogen sich nach einem langen schweißtreibenden Arbeitstag in ihre Iglus zurück, um ihre wenigen Äpfel und ein Bier zu genießen und schlafen zu gehen. Bald darauf wurde es Zeit für Nate, Carma zu treffen.

Sie hatte ihn instruiert, gleich nach Sonnenuntergang zu ihrem Iglu zu kommen. Er konnte sich im Lager frei und unbeobachtet bewegen, da man ja nirgendwohin fliehen konnte. Franco hielt am Boot Wache, und dessen Erster Maat, Victor, schlief gleich daneben auf der Anlegestelle, während Doktor McNeil mit dem Käpt'n zusammensaß, der, wie es gerüchteweise hieß, ein paar zusätzliche Biere für sich selbst und McNeil auf die Insel geschmuggelt hatte.

Carma hatte Nate nicht ihren gesamten Plan verraten, was ihn abhängig von ihr machte und ausschloss, dass er ohne sie verduftete. Sie war schlau. Das war gut, denn sie war jetzt seine Partnerin. In seinem Iglu stopfte er seine

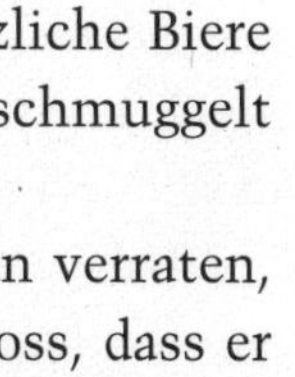

Kleidung in einen Plastikbeutel, denn er trug inzwischen den gleichen Plastikkittel wie die Inselbewohner. Doktor McNeil hatte ihm erklärt, es helfe der Solidarität untereinander, wenn alle das Gleiche trügen, und Carma hatte ihm geraten, sich daran zu halten. Aber nach der harten Arbeit auf dem Schmelzfeld und drei kargen Seegras-Mahlzeiten war die Plastikkleidung ohnehin seine geringste Sorge, obwohl er sich schon darauf freute, bald wieder seine Baumwollsachen anziehen zu können.

Nate durchquerte das Lager zu Carmas Iglu und blieb einen Moment lang nervös davor stehen. Hinter ihm zog sich sein Schatten in die Länge, weiter und weiter, und er selbst hatte das Gefühl, immer dünner zu werden. Es war sonderbar, dachte er, denn als die Sonne vollständig hinter Carmas Iglu verschwunden war, war der Schatten immer noch da. Blitzschnell hechtete er los und drückte die dunkle Gestalt zu Boden. Sie warf sich herum und versuchte sich seinem Griff zu entwinden.

»Ich hab dich, du kleiner Schleicher«, flüsterte Nate. Es war ein gewöhnlicher Dämon – Dhaliwahl hatte die Sorte »Schattenpuppe« genannt. Nate stopfte sie in den Beutel, wo es stockduster war. Die Schattenpuppe würde dort völlig zufrieden sein.

In dem Moment schwang die Luke des Iglus auf.

»Kommst du rein, Partner?«, fragte Carma. Sie blickte an Nate vorbei, um zu prüfen, ob sie beobachtet wurden, und setzte sicherheitshalber ein breites Lächeln auf, damit es so aussah, als würde sie sich nur über den männlichen Besuch freuen. »Es ist besser, wenn es scheint, als würde ich dich tatsächlich mögen«, erklärte sie.

»Tust du es denn?«, fragte Nate, ehe er sich auf die Zunge beißen konnte.

Carma zögerte. »Unter pragmatischen Gesichtspunkten schon«, sagte sie schließlich. »Es ist besser, Geschäftliches nicht mit Privatem zu vermischen.«

Dann packte sie ihn bei den Schultern, gab ihm einen dicken Kuss, zog ihn herein und schloss hinter ihm die Luke.

Carma ließ ihre Lippen noch einige Sekunden auf seinen verweilen, und zwar so lange, dass Nate nach Luft schnappte, als sie schließlich von ihm abließ.

»Ich dachte, wir hätten eine… Geschäftsbeziehung«, stammelte er.

»Das war nur Show, für den Fall, dass uns jemand beobachtet«, sagte sie. »Außerdem habe ich seit einem Jahr keinen hübschen Jungen mehr gesehen, und morgen könnten wir sterben.«

Nate stand unbehaglich in der Mitte von Carmas Iglu. Es war spärlich möbliert mit zwei Plastikschemeln zum Sitzen, einer Plastikbox für ihre Habseligkeiten und einem weichen Feldbett. Sie setzte sich darauf, und unter ihrem Gewicht bog es sich durch, da es wegen des Schlafkomforts aus biegsamem Plastik bestand.

»Setz dich«, sagte sie. »Lass uns reden.«

Nate setzte sich auf den Schemel am Bettende. »Worüber denn?«

»Über den Rest des Plans.«

»Beinhaltet er weitere Küsse?«

»Sei nicht blöd«, sagte sie. »Ab jetzt geht es um Leben oder Tod, und wir müssen schnell vorgehen.« Carma wühlte in ihrer Box, warf ihre Habseligkeiten achtlos zu

Boden und legte gelegentlich etwas zur Seite, das sie mitnehmen wollte. »Ich habe jetzt seit fast einem Jahr Plastikkrümel von der Kläranlage zu den Feldern gekarrt und sie wie Dünger darauf verteilt«, fuhr sie fort. »Nur dass darauf niemals etwas wachsen wird. Wir sammeln nur Müll und kleben ihn auf einen schwimmenden Plastikbrocken, den wir unser Zuhause nennen, wir Glücklichen. Den Ozean zu reinigen ist eine ehrenwerte Sache, aber das Leben hier ist die reinste Sklaverei, und McNeil ist ein verrückter, größenwahnsinniger Diktator. Die bringen jeden um, der zu fliehen versucht. Das ist dir doch hoffentlich klar.«

»Ja.«

»Stimmt, ich habe deine unterschwellige Unzufriedenheit gespürt, aber das haben die anderen auch. Und ich habe dir deinen Hintern gerettet, ansonsten hätte Franco dich geradewegs in den Pazifik zurückbefördert, und du würdest jetzt in einer Rettungsweste im Meer treiben, mit nicht mehr als einer Wasserflasche in Händen und einer dünnen Schicht Sonnencreme auf der Nase. Mit meiner Fürsprache bin ich ein großes Risiko eingegangen, deshalb reiß dich jetzt zusammen, und halte dich an das, was ich sage.« Sie zog ein großes Drahtsieb und einige Metallklemmen unter der Kleidung in ihrer Box hervor und drückte ihm alles in die Hand. »Hier.«

»Was ist das?«

»Kannst du das an der Bootsschraube befestigen, damit sie nicht durch das Plastik blockiert wird? Ich hoffe doch. Es war extrem gefährlich, mir die Sachen zusammenzusuchen.«

»Ich, ähm, denke schon«, stammelte Nate.

»Und ich muss wissen, wie ich dich auf dem Festland erreichen kann, falls uns die Flucht gelingt, wir aber unterwegs voneinander getrennt werden. Hast du eine Telefonnummer? Hier, schreib sie mir auf den Bauch, damit ich sie nicht verliere. Deine Adresse auch.« Sie zog ihr T-Shirt hoch und reichte ihm einen schwarzen Filzstift.

»Ich bin verwirrt«, sagte Nate und hockte sich hin, um folgsam auf Carmas Bauch herumzukritzeln; wie er sah, hatte sie ein Bauchnabelpiercing, und der Bauch selbst war ziemlich straff von der monatelangen Schufterei auf den Schmelzfeldern.

»Du hast keine Zeit für Verwirrung, Kumpel«, entgegnete Carma. »Ich habe die Dinge bereits in Bewegung gesetzt, und mein Plan ist bis ins kleinste Detail durchdacht. Ich habe jemanden, der Franco in den nächsten Minuten ablenkt – es hat mich mein Bier gekostet. Aber falls irgendetwas Verdächtiges geschieht, wird der Kerl augenblicklich zur Stelle sein. Und jetzt gehen wir los und krallen uns das Boot, oder wir hängen morgen früh in Rettungswesten im Pazifik.« Sobald er fertig geschrieben hatte, zog sie sich das T-Shirt wieder über den Bauch. »Falls wir überleben«, fügte sie hinzu, »und das ist ein großes ›Falls‹, dann schulde ich dir noch einen Kuss.« Damit stand sie auf, öffnete die Luke und bedeutete ihm, aus dem Iglu zu steigen.

Draußen nahm sie Nate bei der Hand und setzte sich in Richtung Boot in Bewegung, stieß aber sogleich gegen einen Mülleimer, der wie aus dem Nichts vor ihr auftauchte. Sie stürzte der Länge nach hin, und als sie am Boden aufschlug, rutschte ihr der Plastikkittel über den Kopf und verwickelte sich über ihrem Gesicht.

Nate sah verblüfft zu, während Carma – nur in Unterwäsche – blindlings mit dem Plastikkittel rang. Nate rief nicht um Hilfe, um niemanden auf sie aufmerksam zu machen, aber Carma schien zu ersticken. Er beugte sich zu ihr herab, um ihr zu helfen, während sie mit den Händen am Kittel zerrte und mit den Füßen auf den Boden stampfte.

Und plötzlich spürte er, wie sich ihm die Nackenhärchen aufstellten, und ihm wurde klar, was geschah. Er schimpfte mit wütender, aber gedämpfter Stimme: »Pernikus! Nikolai! Ihr Schwachköpfe, sie ist mein Partner. Wir wollen zusammen fliehen!«

Nik linste mit schuldbewusstem Blick über den Mülleimerrand, und Pernikus glitt aus dem Plastik um Carmas Kopf heraus. Die Oberlippe des kleinen Hauskobolds zuckte unkontrolliert, als wollte er gleich losprusten, aber unter Nates funkelndem Blick riss er sich zusammen.

Als Nate Carma von dem störrischen Plastikkittel befreit hatte, war sie völlig durcheinander und bebte vor Zorn.

»Beruhige dich«, sagte Nate. »Die beiden gehören zu mir.«

»Wer gehört zu dir?«, japste sie und stieß Nate zurück.

Nik und Pernikus hatten sich vor lauter Scham längst wieder versteckt.

»Schon gut«, sagte Nate und zuckte zusammen, als der Müllereimer umkippte und scheppernd über den Boden rollte. Der ganze Vorfall war ein einziges Tohuwabohu. »Ich hoffe, dies war nicht die Art von verdächtiger Aktivität, die die Aufmerksamkeit verursachen würde, vor der du dich so fürchtest«, sagte er.

Wie als Antwort schallte eine befehlsgewohnte Stimme durchs Lager. »Was ist das für ein Tohuwabohu?!«

Nate und Carma wandten sich um. Doktor McNeil stand vor seinem Iglu, mit einem der vermuteten Extrabiere in der Hand.

»Was tut ihr da?«, blaffte er und kam auf sie zugetaumelt.

»Zum Boot!«, raunte Carma, deren Plan sich plötzlich zerschlagen hatte.

McNeil schüttelte die Faust, und Nate sah, dass der Doktor im Begriff war, das ganze Lager aufzuscheuchen. Er erinnerte sich an seinen Plastikbeutel und schleuderte ihn über die Feuergrube. Der Verlust seiner Baumwollkleidung ärgerte ihn, als der Beutel gegen McNeils Iglu prallte und seine Sachen herausfielen. Auch die Schattenpuppe purzelte ins Freie und hielt im Mondschein nach jemandem Ausschau, an den sie sich anhängen konnte. McNeil war dem kleinen Dämon am nächsten. Der stürzte sich auf den Doktor und packte seine Füße. McNeil hatte ein Extrabier zu viel intus, so dass der dünne Dämon ihn mühelos zu Boden riss.

»Was ist los mit dir?«, drang eine Stimme aus McNeils Iglu. »Zeig den anderen doch nicht unser zusätzliches Bier.« Der Käpt'n stieg aus der Luke. »Ahh, du hast es verschüttet.« Er half McNeil auf die Beine und hob dessen umgekippte Bierflasche auf.

»Aber ich habe jemanden gesehen. Ich habe etwas gehört. Wir müssen der Sache nachgehen«, brabbelte McNeil. »Franco!«

Der Käpt'n zog den Doktor unsanft in das Iglu zurück.

»Du bist auf den Hintern gefallen, du beschwipster paranoider Taps«, grummelte er. »Du bleibst jetzt schön hier und hältst dich von den anderen fern.«

Beinahe hätte Nate erleichtert geseufzt, aber zu seinem Entsetzen kam aus einem anderen Iglu plötzlich eine hünenhafte Gestalt herausgeklettert. Franco. Die junge Frau, die ihn zu sich eingeladen hatte – Carmas geheime Helferin –, schloss schnell die Luke hinter ihm, während Franco sein tragbares Katapult umschnallte.

Nate zögerte keine Sekunde. Er rannte los, gerade als das erste Meerwassergeschoss an ihm vorbeisegelte und am Mülleimer explodierte. Franco fluchte, lud nach und nahm die Verfolgung auf.

Obwohl nur eine leichte Abendbrise wehte, rollte der umgekippte Mülleimer unablässig weiter. Im Innern rannten Nik und Pernikus wie Hamster in einem Laufrad, trieben den Plastikbehälter hinter Nate und der davoneilenden Carma voran.

Das Boot war gut vierhundert Meter entfernt, und als Nate und Carma es erreichten, waren sie völlig aus der Puste. Auf der Anlegestelle war der Erste Maat aufgesprungen, alarmiert von der plötzlichen Unruhe. Er hielt ein Filetmesser in der Hand. Nate und Carma blieben abrupt stehen. Ihr Plan hatte vorgesehen, dass der Mann schlafen würde.

Hinter ihnen erschien Franco und machte das Katapult bereit, um das nächste Geschoss abzufeuern. Der heranrollende Mülleimer stoppte zu Füßen des großen Franzosen, der das schwere Katapult vor seiner Brust zurechtrückte und Nate ins Visier nahm. Der Eimerdeckel sprang auf, und zwei Augenpaare starrten zu Franco auf.

Nate blickte nach links und rechts. Er und Carma saßen zwischen Franco und dem messerschwingenden Seemann in der Falle.

»Davonlaufen geht nicht«, sagte Carma. »Wir können nirgends hin.«

»Tut mir leid«, entgegnete Nate. »Das habe ich uns eingebrockt.«

Carma seufzte resigniert. »Vielleicht erlöst mich ja ein Kopfschuss aus meinem Elend. Immer noch besser, als langsam im vermüllten Meer zu verrecken.«

Franco grinste, aber als er sein Geschoss abfeuerte, schnellte Pernikus mit ausgestreckten Ärmchen empor, hängte sich an die Wasserpatrone und änderte mit wildem Gezappel die Flugbahn. Die Patrone prallte gegen Victors Brust und schleuderte ihn rückwärts in den Ozean. *Platsch!* Pernikus segelte durch die Luft und landete auf dem Bootsdeck, während der Mülleimer zu Nate hinüberrollte.

Nikolai sprang Nate in die Arme und verdrückte sich schnell in die Falten seines Plastikkittels.

»Aufs Boot!«, rief Nate Carma zu.

McNeil war inzwischen aus seinem Iglu gestürmt und beorderte die anderen Inselbewohner mit lautem Gebrüll ins Ruderboot. Franco, den der im Wasser treibende Erste Maat nicht kümmerte, zog sich das Katapult von der Brust und stürmte Nate und Carma hinterher, die zur Anlegestelle rannten.

Carma schnappte sich das heruntergefallene Filetmesser des Maats und kappte damit die Taue, die das Boot mit der Anlegestelle verbanden. Nate sprang bereits an Bord. Kurz

darauf waren alle Leinen gelöst, und das Boot begann, ins offene Meer hinauszutreiben, als Franco zu Boden hechtete und eines der gekappten Taue packte. Er sprang auf, schlang sich das dicke Seil um die kräftigen Arme und zog das Gefährt langsam, aber stetig wieder zur Insel zurück. Unterdessen suchte Nate nach dem Schalter, mit dem man den Motor startete. Andere Inselbewohner rannten herbei und halfen Franco beim Tauziehen. Das Boot trieb auf die Anlegestelle zu, bis es dagegenschlug und zum Stillstand kam.

»Wir sind erledigt«, sagte Carma.

Nate hatte den Schalter gefunden und startete den Motor, aber es nützte nichts. Sechs Inselbewohner hielten das Boot fest.

»Hol sie da runter!«, herrschte der wütend heranstapfende McNeil Franco an. »Ich hätte wissen müssen, dass wir keinen Angespülten aufnehmen dürfen. Aber du, Carma … wie konntest du nur unsere wohltätige Gemeinschaft derart hintergehen?«

Carma funkelte McNeil an. »Wohltätig?«, brüllte sie. »Sie sind ein durchgeknallter Umweltpsychopath!«

Nate befand, dass damit jede Chance dahin war, sich vielleicht noch aus dem Schlamassel herauszureden …

McNeil schnippte mit den Fingern, worauf Franco und drei andere Inselbewohner sich in Bewegung setzten, um die beiden Ausreißer vom Boot herunterzuholen. Der bewusstlose Erste Maat trieb immer noch rücklings im seichten Wasser, was auch den Doktor nicht im Geringsten zu kümmern schien.

Nate schaltete den Motor in den Rückwärtsgang, aber

gegen den Zug der Inselbewohner kam die Bootsschraube nicht an, und immer neue Leute gesellten sich dazu und stemmten sich mit aller Kraft ins Seil. Carma richtete das Messer auf Franco, als der am Bug an Bord stieg und sich auf der breiten Reling vor ihr aufbaute. Carma holte aus und warf das Messer auf den Hünen. Aus zwei Meter Entfernung konnte sie ihn nicht verfehlen.

Allerdings handelte es sich um ein Filet- und nicht um ein Wurfmesser und war entsprechend schlecht ausbalanciert. Es überschlug sich zweimal in der Luft, prallte mit dem Griff gegen Francos steinharten Bauch und fiel zu Boden.

»Oh-oh«, sagte Nate.

Dann beging der Hüne einen Fehler, wie Nate sogleich wusste. Franco lachte Carma aus. Er stand noch immer breitbeinig auf der Reling, zeigte mit dem Finger auf Carma – Nate hatte schon als Kind gelernt, dass man so etwas nicht tat – und machte sie vor allen Leuten lächerlich.

»Du glaubst, du kannst dich mit mir anlegen?«, sagte er. »Hey, ich bin Franco, und du bist nur ein schwaches dummes Mädchen!«

Nate sah, wie Carma die Zornesröte ins Gesicht stieg. Ihre Augen verengten sich zu schmalen Schlitzen, ihr Blick glich dem einer wütenden Raubkatze und bohrte sich in Franco. In dessen Haut würde er gerade nicht stecken wollen, überlegte Nate. Dann stürmte Carma los.

Sie prallte mit voller Wucht gegen Francos Beine und stieß ihn von der Reling. Der Hüne stürzte rückwärts ins Wasser, aber leider wurde auch Carma vom eigenen Schwung mit in die Tiefe gerissen. Nate rannte zum Bug und sah, wie die beiden im Wasser miteinander rangen.

»Carma, komm zurück!«

Aber es war zu spät. Die Inselbewohner sprangen vor, um sie zu packen und aus dem Wasser zu fischen.

Aber genau in dem Moment schallte ein ohrenbetäubendes *Knirsch* über die Insel. Alle erstarrten. Der Boden erbebte, als ein riesiger Spalt den Strand durchpflügte und zur Mitte der Insel raste und sie nahezu auseinanderriss.

»Kail!«, rief Nate.

Eine weiteres bebendes *Knirsch* holte die Inselbewohner von den Beinen, und sie ließen die Taue fallen, an denen das Versorgungsboot festhing. Der tückische Spalterdämon hatte einen Weg an Land gefunden, dachte Nate. Irgendein Holzsplitter der WANDERER, in dem Kail gesteckt hatte, war an den Strand gespült worden. Er war ein geduldiger Dämon. Er konnte jahrhundertelang still daliegen und den richtigen Moment abwarten, um den größtmöglichen Schaden anzurichten. Und dieser Moment war jetzt. Ausnahmsweise war Nate überglücklich, Kail wieder in Aktion zu erleben.

Die Insel brach vollends auseinander, und die beiden Hälften kippten, sobald sich ihre Ausrichtung im Wasser verändert hatte, in seltsamen Winkeln auf die Seite. Die eine Hälfte stellte sich fast augenblicklich auf den Kopf und schleuderte die Inselbewohner ins Meer, darunter auch Doktor McNeil, der in hohem Bogen durch die Luft segelte, bevor er auf dem Wasser aufschlug und die umgestülpte Inselhälfte auf ihn herabkrachte.

Die Hälfte, auf der die anderen Leute standen, kippte langsamer, so dass die Inselbewohner ins Wasser rutschten wie Kinder auf einer Wasserrutsche im Erlebnispark.

Nate hielt nach Carma Ausschau, doch sie war im aufgewühlten Wasser verschwunden. Er wusste nicht, ob sie noch lebte oder bereits ertrunken war.

Franco hingegen war nicht verschwunden. Er rief um Hilfe, kam auf das Boot zugeschwommen. Doch Nate blieb keine Zeit, um zu überlegen, ob er den Franzosen retten sollte. Direkt hinter ihm tauchte im Wasser eine Gruppe gelber Enten auf. Anderer Plastikmüll gesellte sich dazu und begann, Franco zu umschließen, und Nate wusste, dass der Hüne dem Untergang geweiht war.

Nate eilte zum Gashebel und tuckerte vorsichtig auf die umgestülpte Inselhälfte zu. Er kam an mehreren Inselbewohnern vorbei, hielt aber nicht an. Stattdessen stieß er mit dem Bug gegen die Insel. Ein scharfes *Schnapp* erklang, und aus der Plastiklandmasse fuhr ein Spalt herauf ins Vorderdeck des Boots, als Kail an Bord kam. Nate hatte seinen Dämon gerettet. Die Inselbewohner hingegen würde er nicht aus dem Wasser fischen, beschloss er. Sie wären in der Überzahl und würden ihn gewiss nicht nach Hause zurückkehren lassen, wenn sie einmal an Bord gelangt wären. Die meisten klammerten sich jetzt an die umgestülpte Insel. Obwohl nun ohne Unterschlupf und Vorräte, würden sie eine Weile überleben. Er würde ihnen über Funk Hilfe schicken. Traurigerweise war von Carma noch immer nichts zu sehen.

»Haltet durch!«, rief Nate den Leuten zu. »Ich schicke jemanden, der euch rettet.«

Er überprüfte rasch das Funkgerät – es funktionierte –, dann schaltete er in den Rückwärtsgang und begann seine lange Reise nach Osten, zurück nach Seattle.

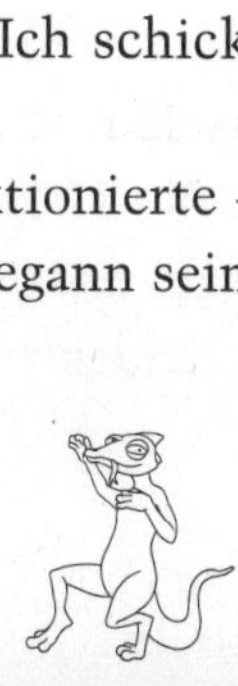

14. Kapitel

Panik auf der Fähre

Nachdem die Bibliothek gerettet war, verabschiedeten sich Lilli und Richie von Sandy, die ihren Eltern einen kurzen Besuch abstatten und ihnen versprechen wollte, dass ihr inmitten der chaotischen Zustände in Seattle nichts zustoßen würde. Ihre Eltern hatten die Stadt verlassen und waren für eine Weile bei Verwandten im nahen Bellingham untergekommen. Nach allem, was geschehen war, klang Sandys Vorschlag vernünftig, dass auch Lilli und Richie sich für ein paar Tage aus der Stadt verdrücken sollten. Und so nahmen die beiden am nächsten Morgen die Seattle-Bremerton-Fähre und schipperten durchs raue Wasser der Elliot Bay.

Das riesige Fährschiff – nach einem regionalen Indianerstamm *Yakima* benannt – war mit hundertsechzig Autos bis auf den letzten Stellplatz gefüllt. Auf den beiden Passagierdecks drängten sich dreitausend Menschen, fünfhundert mehr als eigentlich zugelassen waren.

Seattles Bewohner verließen in Heerscharen die Stadt.

Die unzähligen Dämonen, die, unsichtbar für das ungeübte Auge, auf den Straßen umherzogen, verursachten Chaos in jeder denkbaren Form, von Massenkarambolagen bis hin zu explodierenden Handys, die den Leuten Unsinn ins Ohr brüllten. Die Computernetze, von denen das Funktionieren der Stadt abhing, waren bereits am ersten Abend, als die Dämonen sich ans Werk gemacht hatten, nutzlos geworden – die miteinander verbundenen Netze waren derart anfällig, dass die simpelsten Dämonen – die Datenfresser und Codeknacker – sie mühelos außer Betrieb setzten. Andere Leute verließen die Stadt, weil ihnen Berichte vom Ausbruch der Pest zu Ohren gekommen waren. Plötzlich unfähig, ihre Welt zu kontrollieren, gerieten die Menschen in Panik. Sie flohen, kämpften miteinander, sie rasten auf der Interstate 5 die Küste hinauf oder hinunter oder fuhren auf der Interstate 90 ins Landesinnere oder nahmen eines der Fährschiffe in einem der Häfen entlang der Bucht.

»Ich finde es falsch, dass wir abhauen«, sagte Richie, der sich über die Reling beugte und versuchte, Ein-Cent-Münzen auf die zehn Zentimeter breite Umrandung des Schiffsrumpfes der *Yakima* zu werfen, während die Fähre durch die Wellen pflügte.

»Es gibt nichts, was uns hier hält«, murmelte Lilli. Das alte Haus war eine Ruine. Nate war verschwunden. Die meisten Leute, die in der Stadt blieben, stellten ebenfalls eine Gefahr dar – blutrünstige Gangs, Plünderer, Verrückte. »Alles in Ordnung mit unserer Fracht?«

»Klar doch«, sagte Richie und klopfte auf seinen Rucksack. »Der Schatz ist hier drin.«

Nate hatte in einer Nische im Speisezimmer eine kleine

Schatztruhe aufbewahrt, die vom klauenfüßigen Banketttisch bewacht worden war – einem uralten Wächterdämon der ersten Ebene, der jeden getötet hätte, der einem von ihm bewachten Objekt zu nahe kam. Selbst für Nate war es schwierig gewesen, Geld aus der Truhe zu nehmen, während der klobige Dämon darüber wachte – was Nate zu großer Sparsamkeit gezwungen hatte. Aber der Banketttisch war vom Dämonenfresser zerstört worden. Die kleine Truhe enthielt Gold, Diamanten, Rubine und Bargeld aus mehreren Jahrhunderten. Ein kleines Vermögen. Nachdem der Tisch verschwunden war, hatte Richie die Truhe in seine Obhut genommen. Ohne die Dämonen im Haus gab es niemanden, der Plünderer hätte fernhalten können.

Lilli runzelte die Stirn. »Ich meine die *wichtige* Fracht«, sagte sie und versuchte gar nicht erst, ihre Abneigung gegen materiellen Wohlstand zu verhehlen.

»Ach so«, sagte Richie und verdrehte die Augen. »Alles in Ordnung. Flappy und Zoot sitzen wohlbehütet in der Knobelbox.«

»Mir gefällt nicht, in dieser Weise mit Zoot zu reisen«, erklärte sie. »Er liebt seine Freiheit.« In den Jahren, seit sie ihn kannte, war er ein urbaner Dämon gewesen, der die amerikanischen Großstädte heimsuchte, aber sie hatte ihn auch Graffiti auf Deutsch und sogar auf Altnorwegisch kritzeln sehen. Es war offenkundig, dass Zoots Ursprünge älter waren als die USA.

»Du sagst doch, er mag kein Wasser«, erwiderte Richie. »Deshalb steckt er eben in der Knobelbox statt als Farbklecks auf deiner Bluse.«

»Stimmt, Zoot mag kein Wasser. Es verdünnt ihn und

könnte ihn wahrscheinlich sogar zerstören, glaube ich. Deshalb hasst er ja das Wetter in Seattle.«

Plötzlich verkrampfte sich Richie.

»Was ist los?«, fragte Lilli.

»Ein Dämon.«

»Wo?«

Richie drehte sich im Kreis, suchte die Decks der *Yakima* ab. Er hatte ein Gespür für Dämonen. Bevor er Nate begegnet war, hatte sich dies nur als vages, flüchtiges Gefühl geäußert. Manchmal hatte er brabbelndes Geflüster vernommen, das niemand außer ihm hörte. Manchmal hatte er lebendige Schatten gesehen. Und sich für verrückt gehalten. Nun aber bestand kein Zweifel mehr an seiner Wahrnehmung. Er hatte gelernt, ihre Gegenwart zu spüren. Er hörte und sah sie ganz deutlich – Nate hatte es ihm beigebracht. Er war nicht verrückt. Er war einfach nur ein junger Bursche, der das Chaos spüren konnte, wenn es in Gestalt eines Geruchs, eines Geräuschs, eines Anblicks oder einer festen Manifestation daherkam.

Er schauderte. »Der Dämon ist überall.«

»Das ist doch lächerlich«, sagte Lilli. »Wie soll er denn überall …«

Plötzlich neigte sich die Fähre nach vorn, der Bug schoss ins Wasser hinab, das Heck hob sich. Die Menschen schrien und rannten ans Schiffsende, während das Gefährt begann, sich langsam auf die Nase zu stellen.

Richie sprang zur Reling zurück und blickte hinaus in die Bucht. Lilli packte sein Sweatshirt und versuchte ihn zurückzureißen, während die *Yakima* erzitterte und immer weiter in Schieflage geriet.

»Weg von der Reling, du Trottel!«

Richie machte sich nicht die Mühe zu antworten, sondern deutete nur nach hinten. Das Wasser am Heck veränderte sich. Es verdichtete sich zu einer halbfesten Gestalt, die anschwellenden Wellen bildeten lastwagengroße Wasserhände. Sie glitten tiefer unter das hintere Ende der Fähre und drückten es immer weiter in die Höhe. Niemand an Bord – außer Lilli – war imstande, sie zu erkennen. Für die Passagiere sah es so aus, als hätten sich plötzlich zwei seltsam geformte Wellen gebildet.

»Was ist das?«, japste Lilli.

»Der Plansch!«

»Was ist der Plansch?«

»Keine Ahnung. Hab ich mir gerade ausgedacht!«

Aus dem Schiffsbauch erklang ein schrilles, markerschütterndes *Ka-schink,* als das erste Auto auf dem Fahrzeugdeck, ein großer Hummer SUV, die Kette am vorderen Ende der aufgerichteten Fähre durchbrach. Das Auto stürzte mit einem ohrenbetäubenden *Platsch* ins Wasser. Dahinter rollten weitere Fahrzeuge nach vorn und krachten ineinander, VWs, Toyotas und Fords, alles verkeilte sich ineinander. Autos, deren Eigentümer die Handbremse angezogen hatten, so wie es die Hinweisschilder auf der Fähre vorschrieben, blieben zunächst stehen, wurden aber langsam von den Fahrzeugen vorangeschoben, deren Eigentümer den Hinweis ignoriert hatten.

Eine Frau ließ in der panischen Menschenmenge zwei dampfende Kaffeebecher fallen. »Meine Kinder sitzen da unten im Van!«, schrie sie. Sie konnte die Treppe zum Autodeck nicht erreichen – zu viele Leute drängten in die entgegengesetzte Richtung. Aber Richie erkannte, dass er die Treppe von seiner Position aus erreichen könnte. Er sah Lilli an.

»Tu es nicht«, warnte sie ihn. »Du bist bloß ein dreizehnjähriger Junge, kein Held.«

Richie sah sie stirnrunzelnd an, dann stürmte er zur Treppe.

»Warte, verdammt noch mal!«, rief Lilli und eilte ihm nach.

Richie stürmte aus dem Treppenschacht hinaus aufs Autodeck. Es war an beiden Enden offen, damit die Autos herein- und herausfahren konnten, aber an den Seiten war es geschlossen, und darüber lagen die beiden Passagierdecks.

Die Autos verrutschten, stießen krachend ineinander und rollten langsam, aber sicher auf die Wassermassen am Bug zu, während das Heck der *Yakima* immer höher stieg. Menschen waren nirgendwo zu sehen. Richie zögerte. Mit all den großen herabrutschenden Autos glich das Deck einem gigantischen Fleischwolf. Es war lebensgefährlich hier unten. Richie zuckte zusammen, als er am Bug eine Reihe von Harley-Davidson-Motorrädern und einen Porsche ins Wasser stürzen sah.

»Oh Mann, was für eine Schande.«

Lilli eilte heran. »Das ist Wahnsinn! Lass uns verschwinden!«

»Da ist er!« Richie deutete auf einen blauen, zur Seite geneigten Minivan, der, auf halbem Weg das Deck hinauf, zwischen einem aufgemotzten Truck und einem kleinen Hybrid-Auto feststeckte. Drei kleine Gesichter starr-

ten entsetzt aus dem Beifahrerfenster, während der Wagen langsam auf die Seite kippte und unablässig Meter um Meter voranrutschte. Das kleinste der Kinder, ein Junge, trug eine Baseballkappe der Seattle Mariners.

»Ich kann sie erreichen«, sagte Richie. Er kletterte über einen VW-Käfer zu den in einer Doppelreihe abgestellten Autos und war plötzlich mitten im Fleischwolf.

»Richie, nicht!«, rief Lilli ihm nach. »Du wirst zerquetscht werden!«

Alle paar Sekunden verrutschten die Autos rings um Richie und krachten ineinander, während das Heck der *Yakima* immer höher stieg. Richie sprang ständig zur Seite, wich den Blechkisten ein ums andere Mal aus.

»Kein Problem«, rief er zurück, um Lilli zu beruhigen, während er zwischen zwei Autos hindurchschlüpfte. Er beeilte sich und war nach wenigen Augenblicken in der Nähe des Minivans, hechtete über die Motorhaube eines Honda und stieg auf das Dach des kleinen Hybrid-Wagens, von wo aus er durch die Windschutzscheibe des Vans ins Wageninnere blicken konnte. Dort waren die drei Kinder. Sie schienen zwischen drei und sieben Jahren alt zu sein und waren derart panisch, dass sie sich nicht selbst helfen konnten.

»Es gibt ein Problem!«, rief Richie Lilli zu, die noch immer an der Tür zum Treppenschacht stand.

Die gigantischen Wasserhände des Plansch hatten sich zum Bug des Schiffes vorgeschoben. Eine von ihnen langte nun in den offenen Mund der Fähre, packte zwei weitere Autos und riss sie in die Bucht hinaus, worauf die anderen Fahrzeuge ruckartig herabrutschten. Neben Richie rollte ein Auto weiter das Deck hinab. Der Minivan neigte sich noch stärker zur Seite, und die kleinen Gesichter im Fenster verschwanden. Hinter sich hörte Richie ein lautes metallisches Scharren, und er musste sich flach auf den Boden werfen, als der aufgemotzte Truck geradewegs über ihn hinwegrollte und die übergroßen Reifen ihn nur um Haaresbreite verfehlten.

»Ein *großes* Problem!«

»Die Knobelbox!«, rief Lilli Richie zu. Sie verfluchte ihn leise, weil er sich in Gefahr brachte, dann verfluchte sie sich selbst, weil sie es zugelassen hatte. Sie waren Dämonenhüter, kein Rettungsteam.

Richie hörte ihren Zuruf. Er eilte zur Seite des Decks und durchwühlte seinen Rucksack, zog die Knobelbox heraus und schleuderte sie über die verkeilten Autos hinweg zu Lilli. Lilli stürmte vor, hob den kleinen Kasten auf und öffnete den Deckel.

»Zoot! Hilf uns!«

Doch statt eines bunten Farbknäuels oder einer schimmernden Erscheinung zwängte sich ein Paar ledriger Reptilienflügel durch die Öffnung der Knobelbox. Lilli stöhnte auf, als Flappy herausschlüpfte.

»Nein, nein, nein! Nicht du!«

Sie versuchte, den kleinen Winddämon wieder in die Box zu stopfen. Erst vor wenigen Wochen hatten sie herausgefunden, dass der Minidrache für den schweren Sturm verantwortlich war, bei dem Nates Eltern im Meer vor den San-Juan-Inseln ums Leben gekommen waren. Sie, Richie und die hilflosen Kinder im Auto brauchten momentan wirklich nicht seine Sorte von Chaos.

Aber der Winddämon schlüpfte ihr zwischen den Fingern

hindurch wie eine wehmütige Brise, die fest entschlossen war, sich einen Weg durch einen Lattenzaun zu bahnen. Plötzlich war der kleine Kerl frei. Und sobald er frei war, begann er zu wachsen.

Richie wandte sich wieder zu dem Minivan um. Er versuchte die Tür zu öffnen, aber ohne Erfolg. Wenigstens hatten die Eltern der Kinder die Türen verriegelt, bevor sie ihre Sprösslinge allein auf dem Autodeck zurückgelassen hatten, wahrscheinlich mit einem DVD-Player und einem Zeichentrickfilm, damit die Kleinen beschäftigt waren, während sie selbst auf einen Kaffee nach oben gegangen waren. Er spähte durchs Fenster.

Die Kinder lagen verrenkt auf dem Rücksitz, umgeben von aufgeblähten Airbags. Sie schrien wie am Spieß und das war auch ihr gutes Recht – die *Yakima* hatte sich inzwischen fast im Dreißig-Grad-Winkel aufgestellt, und jedes Mal, wenn ein Auto herabrutschte, polterte es über die anderen hinweg, riss Metall auf und drückte Scheiben ein.

Die einzige Tür, an die Richie herankam, war eingedrückt. Er riss am Griff, aber es tat sich nichts. Er hämmerte gegen die Scheibe, um die Aufmerksamkeit der Kinder zu wecken. Der Junge mit der Baseballkappe schaute auf. Zu rufen wäre sinnlos – die Zusammenstöße, die Schreie und das donnernde Platschen, mit dem die Autos ins Wasser fielen, würden ihn übertönen. Richie formte seine Worte mit den Lippen.

»Die … Tür. Entriegel … die … Tür.«

Er deutete auf den Türgriff, drückte sein Gesicht an die Scheibe und lächelte, um das Vertrauen des Jungen zu gewinnen. Der Kleine starrte ihn einen Moment lang an, dann erbrach er sich ans Fenster.

Richie wich zurück. »Äh, eklig!«, stöhnte er.

Der Minivan war an der Seite des Decks zusammen mit fünf anderen Autos zwischen zwei Metallsäulen eingeklemmt. *Im Moment besteht keine akute Gefahr für sie,* dachte er, aber sobald die Blockierung sich löste, würden die Autos sich in sechs Ein-Tonnen-Geschosse verwandeln und geradewegs ins Gewirr der anderen Fahrzeuge hinabschießen. Richie blickte das Deck hinunter. Die Autos stürzten nun eines nach dem anderen ins Meer. Er war zu langsam. Sie würden es nicht schaffen, und er selbst würde zusammen mit den Kindern sterben.

Flappy flatterte ins Autodeck hinaus, und Lilli eilte ihm nach. Sie hielt die Knobelbox hoch, um ihn wieder einzusaugen, während er wie verrückt mit seinen kleinen Flügeln schlug, um an Höhe zu gewinnen. Beinahe hätte sie ihn erwischt, musste aber zurückweichen, als der aufgemotzte Truck auf sie zugeschossen kam. Lilli sprang in den Treppenschacht zurück, als der Wagen an der Stelle gegen die Wand krachte, wo sie eben noch gestanden hatte, und dann das Deck hinabpolterte und ins Wasser stürzte.

Der kleine Dämon stabilisierte sich und wandte sich in Richtung Bug, wo die gigantischen Hände des Plansch nun direkt in die aufgerichtete Fähre hineinfassten. Autos schlugen auf dem Wasser auf und versanken in der Bucht. Flappy flog auf das Chaos zu, in Richtung des Plansch.

Lilli konnte ihm nicht folgen. Flappy flog schnell und ungestüm, sein drachenartiges Gesicht war zu einen Fau-

chen verzerrt. Lilli konnte schon ihr Leben lang Dämonen sehen und wusste, dass die Geschöpfe nur selten Gefühle zeigten. Aber sie hätte schwören können, dass der kleine Kerl wütend war. Und er war nicht mehr »klein«. Befreit von der Enge der Knobelbox, verdoppelte sich seine Größe alle paar Sekunden.

Die *Yakima* wackelte brutal hin und her, und hinter dem Minivan löste sich ein grüner BMW. Er prallte mit voller Wucht gegen das Familienauto, als Richie gerade nicht hinsah. Fast hätte es ihm den Arm abgerissen, und das Rückfenster zerbarst bei dem Aufprall. Richie erkannte seine Chance und schoss voran, um seinen Kopf durch die Öffnung in den Minivan zu schieben. Er bemühte sich um einen ruhigen Tonfall.

»Hallo, Kinder. Es gibt einen Notfall, und ihr müsst schnell aussteigen.«

Die Kinder starrten ihn erschrocken an, reagierten aber nicht.

Richie verzog das Gesicht. »Raus! Raus! Raus mit euch!«, versuchte er es auf die harte Tour.

Diesmal reagierten sie; sie kletterten über die Sitzbank und krabbelten durch die zerborstene Scheibe.

»Schaut euch nicht um!«, warnte Richie die Kleinen mit Gedanken an den Fleischwolf und wies sie in Lillis Richtung. »Rennt einfach! Los! Los! Los!«

Zu seiner Erleichterung folgten die beiden älteren Kinder seiner Aufforderung, aber das kleinste – der Junge mit der Mariners-Kappe – weinte und war vor Furcht wie erstarrt. Richie nahm ihn auf den Arm und rannte los. Der Minivan löste sich mit ohrenbetäubendem Quietschen aus der Verkeilung und rutschte das Deck hinab, ihnen hinterher. Auf der steilen Schräge sprintete Richie mit dem Jungen auf dem Arm bergab, sprintete schneller als jemals zuvor, genau genommen so schnell, dass er, als er den Treppenschacht erreichte, Lilli den Jungen zuwerfen musste, die die beiden anderen Kinder schon die Stufen hinaufgeführt hatte. Lilli bekam den Kleinen gerade noch zu fassen, während Richie die Ecke packte und sich in den Treppenschacht hineinschwang.

Hinter ihm riss der vorbeirutschende Minivan das »TREPPENSCHACHT«-Schild von der Wand.

Am oberen Treppenabsatz trieben drei Fährarbeiter die beiden älteren Kinder aufs Oberdeck. Der kleine Junge aber blieb stehen, klammerte sich an Lilli und starrte auf seinen Retter, Richie. Lilli stellte ihn vorsichtig ab und deutete nach oben. Der Junge schniefte und stieg die Stufen hoch.

Einer der Arbeiter rief zu Lilli und Richie hinunter: »Ihr beide kommt besser auch nach oben!«

Lilli und Richie starrten hinaus aufs Autodeck. Es war leer – sämtliche Autos waren ins kalte Wasser der Elliot Bay gestürzt. Nun langte der Plansch auch nach ihnen, schob seine langen Wasserfinger das Deck hinauf, drückte den Bug der Fähre weiter nach unten.

Draußen wurden die ersten Rettungsboote herabgelassen, aber als sie in der Bucht aufsetzten, erhoben sich turmhohe Wellen und kippten sie um oder zogen sie unter Wasser, so dass kein Zweifel bestand, welches Schicksal die schreienden Passagiere erwartete.

Unten in der Fähre war Flappy zur Größe eines kleinen Lasters angewachsen – ein gigantischer, außer Kontrolle ge-

ratener Windstoß, der hin und her purzelte und in dem beengten Raum des Autodecks von den Wänden abprallte wie eine Flipperkugel. Er war eine rohe Naturgewalt. *Aber eine Hilfe ist er nicht,* dachte Lilli. Sie stellte sich vor, dass er für die Fährarbeiter wie eine durchsichtige Luftkräuselung aussehen musste, nichts weiter.

»Kommt hoch!«, rief der Arbeiter erneut.

»Tut mir leid, Kollege, wir haben hier noch was zu erledigen«, entgegnete Richie und stürzte Flappy hinterher.

Lilli konnte ihn nicht allein losziehen lassen – wahrscheinlich würden sie alle miteinander sterben, aber falls er stürbe, weil er tapfer war, und sie ihm in den Tod folgte, weil sie feige war, würde sie nicht mehr mit sich leben können… zumindest nicht in den wenigen Sekunden, die ihr dann noch blieben.

»Diesmal komme ich gleich mit!«, rief sie und rannte ihm nach.

»Flappy!«, brüllte Richie. »Hol dir den Wasserdämon! Mach ihn fertig!«

Lilli zuckte zusammen, als sie Richies wenig kunstvolle Anweisung hörte, aber ihr wurde klar, dass er die richtige Idee hatte, die *einzige* Idee. Es war ein verrückter Versuch, aber falls nicht etwas Verrücktes geschah, würden die massigen Wasserfinger vollends in die Fähre hineinkriechen und sie alle auf den Grund der Bucht hinabzerren. Die Medien würden nie erfahren, dass es ein Dämon gewesen war. »Fährunglück bei heftigem Unwetter – alle Passagiere tot«, würde es heißen.

Flappy tobte über das leere Autodeck wie ein verrückter Wirbelsturm, der alles, was nicht niet- und nagelfest war, von den Wänden riss und durch die Gegend schleuderte. Richie duckte sich vor herumfliegenden Gegenständen und brüllte dem Winddämon zu, er solle seinem Kontrahenten »die Fresse polieren« und ihm »den Hintern aufreißen«. Aber seine unspezifischen Zurufe trugen wenig dazu bei, Flappys überbordende Energie zielorientiert einzusetzen. Richie war jung und wild, dachte Lilli. Impulsiv. Ganz so wie das Chaos, dem er Einhalt gebieten wollte.

»Flappy, sammle dich!«, rief sie dem Winddämonen laut, aber gelassen zu.

Anscheinend verstand Flappy sie, denn plötzlich zog er sich zu einem festen Luftwirbel zusammen.

»Zum Wasserdämon!«, befahl sie, doch Flappy tobte weiter orientierungslos herum. Entschlossen verdrängte Lilli ihre Panik und ihr eigenes inneres Chaos in einen dunklen Bereich ihrer Seele, sperrte beides dort ein. Dann konzentrierte sie sich und erweckte die ihr innewohnenden Kräfte zum Leben, schwenkte ihren Arm in weitem Bogen durch die Luft, entzog Türen, Wänden und Säulen alle Farben und schleuderte sie quer übers Autodeck, um einen riesigen Regenbogenpfeil zu erschaffen, der auf die gigantischen Wasserhände des Plansch zeigte.

Flappy machte kehrt und flog in die angewiesene Richtung, raste als kugelrunder Wirbelwind direkt auf den Plansch zu.

Zehn Meter vom Kampfplatz entfernt kam Richie schlitternd zum Stehen und packte eine Metallstange, um nicht in die kochenden Fluten hinabzurutschen.

»Los!«, rief er.

Flappy krachte frontal gegen den Plansch und verur-

sachte eine gewaltige Wasser- und Windexplosion auf dem Autodeck. Mit Flügeln, die rotierten wie tausend messerscharfe Klingen, bohrte Flappy sich in den Wasserdämon hinein und zerschredderte ihn in seine Einzelteile. Die Hände lösten sich vor Lillis Augen auf, und die dunklen Wassermassen fluteten wieder das Deck hinunter und flossen in die brodelnde Bucht ab.

Sobald das Gewicht des Wassers verschwunden war, krachte die Fähre mit einem gewaltigen Platschen in die Horizontale zurück und schleuderte Lilli und Richie zu Boden.

Als der feuchte Dunst aufklarte, lag das Fährschiff wieder ruhig auf dem Wasser und schaukelte sanft hin und her. Der verbliebene Luftstrudel, bei dem es sich um Flappy handelte, wehte zur Knobelbox zurück, die Lilli fest in der Hand hielt, und schlüpfte hinein.

»Er hat den Wasserdämon verjagt«, sagte Lilli erstaunt. Sie fragte sich, ob Flappy es aus eigenem Antrieb getan hatte oder wegen ihres Befehls oder ob es beides gewesen war.

»Ja, er hat ihn plattgemacht! Unglaublich, der kleine Kerl!« Richie konnte nicht an sich halten und führte auf dem leeren Autodeck einen Freudentanz auf.

Flappy hatte seinen Widersacher tatsächlich mit ungeahnter Vehemenz angegriffen. Lilli fragte sich, warum. Sie hätte nicht gedacht, dass Dämonen derart wütend werden können, aber neben ihrem Befehl hatte es noch etwas anderes gegeben, das Flappy antrieb. Er hatte einen Grund gehabt, eine Art *persönlichen* Hass. Luft gegen Wasser. Ein grundsätzlicher elementarer Konflikt, der über bloße menschliche Wut weit hinausging – eine Rivalität zwischen zwei dämonischen Manifestationen, die um ihre Daseinsberechtigung in der Welt kämpften, und es schien, als wäre der Plansch mit seinem Angriff in Flappys Lebensraum eingedrungen.

Hinter Lilli ertönte ein Geräusch, und sie wandte sich um. Zehn Leute, darunter die Fährarbeiter, standen auf der Treppe und starrten neugierig zu ihnen herab. Die Dämonen hatten sie nicht sehen können, aber sie hatten beobachtet, wie Lilli und Richie die Kinder gerettet und die Wassermassen aus der Fähre irgendwie in die Bucht zurückgetrieben hatten.

Die drei Arbeiter eilten hinunter und packten Lilli und Richie. Einer von ihnen zückte einen Dienstausweis. »Okay, ihr beiden, ihr kommt jetzt schön mit.«

15. Kapitel

Im Büro des Bürgermeisters

Lilli, Richie und Sandy saßen in dem großen dekorierten Warteraum vor dem Büro des Bürgermeisters von Seattle. In den flauschigen Teppich unter ihren Füßen war das Stadtwappen eingewoben. Es bereitete Lilli ein derartiges Unbehagen, ihre schmutzigen Schuhe auf den teuren Teppich zu stellen, dass sie die Beine hob und sich lieber im Schneidersitz auf den Stuhl setzte. Richie, dem derartige Skrupel unbekannt waren, drehte mit dem Fuß einen Globus auf dem Beistelltisch, während Sandy kerzengerade dasaß, die Knie zusammengepresst, auf dem Schoß das Dämonenhüter-*Kompendium.*

Um sie herum eilte das Sicherheitspersonal hin und her, und aufgeregte Regierungsangestellte liefen vorbei und sprachen über die unfassbaren Vorfälle in der Stadt.

»Flappy ist eindeutig ein Elementardämon«, sagte Sandy und blätterte durch das *Kompendium.* »Einer der machtvollsten seiner Art. Die vier Elemente – Feuer, Wasser, Luft und Erde – liegen seit Ewigkeiten im Streit.«

»Im Streit?«, schnaubte Richie. »Mann, Flappy und der Wasserdämon haben sich *gehasst.*« Er hörte auf, mit dem Turnschuh den Globus zu drehen. »Wasser löscht Feuer, Feuer versengt die Erde, Erde blockiert den Wind, und der Wind peitscht das Wasser auf. Es ist wie Dämonen-Tsching-Tschang-Tschong.«

»Sind das alle Elemente?«, fragte Lilli. »Erde, Feuer, Wasser und Wind?«

»Eigentlich ist es Luft, nicht Wind«, erklärte Sandy.

»Wie auch immer«, entgegnete Lilli. »Sind das alle?«

»Nun, das sind die großen traditionellen Elemente. Ich nehme an, es könnte noch andere Manifestationen von Naturgewalten geben, zum Beispiel ...«

Eine wichtig aussehende Frau im gebügelten Kostüm platzte in den Raum. »Bürgermeister Douglas ist gleich für euch da«, blaffte sie. »Aber zuerst möchte ich noch kurz mit euch reden.«

»Wer sind Sie?«, fragte Lilli argwöhnisch.

»Ich bin die Stellvertreterin des Bürgermeisters.«

»Die Stellvertreterin?«, sagte Richie abfällig.

Die Frau musterte ihn finster.

Richie verdrehte die Augen. »Sie haben doch nur was zu melden, falls der Bürgermeister den Löffel abgibt, oder?«

»Richie!«, japste Sandy und blickte entschuldigend zur stellvertretenden Bürgermeisterin auf. »Sehen Sie es ihm nach. Er ist in der achten Klasse von der Schule geflogen.«

»Kein Problem«, sagte die Frau mit zusammengekniffenen Lippen. Sie strich über ihren ohnehin glatten Rock. »Ich möchte euch nur bitten, die vielen Sicherheitsleute zu entschuldigen, die wegen der Krise hier herumlaufen.

Und dass ihr es dem Bürgermeister nachseht, dass er in der gegenwärtigen Lage ein paar Kinder herzitiert – obwohl es so viele drängendere Angelegenheiten gibt, um die er sich kümmern muss. Und dass ich euch im Namen von uns allen willkommen heiße.«

Lilli verspürte sofort eine Abneigung gegen die Frau.

»Und es ist wichtig, dass ihr nicht zu viel in das hineininterpretiert, was der Bürgermeister euch gleich erzählen wird«, fuhr sie fort. »Viele seiner Bemerkungen sind figurativ gemeint, nicht wörtlich. Wisst ihr, was das Wort bedeutet?«

Sandy nickte beflissen.

»Hmm«, machte Lilli leise.

»Ja, hmm«, pflichtete Richie ihr bei. »Nun, äh, was heißt figuradingsda noch mal?«

»Ja, vielen Dank. Wir verstehen, was Sie meinen«, erklärte Sandy und erhob sich höflich, während Lilli und Richie sitzen blieben. »Und darf ich Ihnen sagen, dass es uns eine Ehre ist, hier sein zu dürfen?«

»Ja, *du* darfst«, murmelte Lilli.

»Als hätten wir eine Wahl gehabt«, sagte Richie leise. »Die Sturmtruppen haben uns ja praktisch in die Stadt zurückgeschleppt.«

Lilli flüsterte ihm ins Ohr: »Du traust der Tussi auch nicht?«

»Nee«, antwortete er.

Die stellvertretende Bürgermeisterin, deren Name, wie sie erfuhren, Celia Strange war, warf ihnen einen scharfen Blick zu. »Ich werde bei dem Gespräch dabei sein, um sicherzustellen, dass ihr nichts falsch versteht.« Dann huschte sie davon.

Sandy konnte nicht anders, sie verneigte sich.

»Oh Gott, Sandy, kam dir die Frau nicht total falsch vor?«, fragte Lilli.

»Falsch? Es ist doch aufregend, hier zu sein. Wir lernen den Bürgermeister kennen!«

Lilli schüttelte den Kopf. »Aber hast du sie nicht gehört, sie kommt mit rein und fungiert als eine Art *Babysitter.*«

»Vielleicht kriegen wir ja eine Belohnung, weil wir die Fähre gerettet haben«, sagte Richie mit sich aufhellender Miene.

»Kein Wort über das, was wirklich geschehen ist«, warnte Lilli. »Kein einziges Wort.«

Sandy stöhnte auf. »Wir sprechen hier vom *Bürgermeister.* Wir sollten alle Fragen, die er uns stellt, wahrheitsgemäß beantworten.«

»Ja, genau«, sagte Lilli. »Ich sehe uns schon, wie wir ihm erzählen, dass ein kleiner geflügelter Dämon aus einer Art Zauberwürfel rausgeflogen ist und die leibhaftigen Wasserhände eines anderen Dämons zerschreddert hat, der die Fähre auf den Meeresgrund hinabzerren wollte.«

»Okay«, sagte Sandy. »Die Details können wir ja weglassen. Solange wir ehrlich sind.«

»Ich finde es komisch, im Zusammenhang mit einem Politiker das Wort ›ehrlich‹ zu verwenden«, erwiderte Lilli. »Und was soll das Gerede von ›wir‹? Du warst doch gar nicht dabei.«

Sandy zuckte zusammen und verstummte.

Lilli hatte ein schlechtes Gewissen, sobald sie es gesagt hatte. Die kluge, bebrillte Assistenzbibliothekarin war kein Dämonenhüter. Sie wohnte nicht in dem alten Haus. Sie konnte die Dämonen nicht sehen, solange sie sich nicht freiwillig zeigten. Ihr Freund hatte sie sitzenlassen, um aufs Meer zu fahren. Lilli übernahm nun sogar Sandys Rolle als Richies große Schwester. Sie machte Sandy praktisch an allen Fronten überflüssig, und das hatte sie ihr soeben jäh in Erinnerung gerufen. Das war nicht nett.

Plötzlich kehrte Celia Strange zurück, öffnete wortlos die Tür zum Bürgermeisterbüro und bedeutete ihnen hineinzugehen. Der Bürgermeister saß mit übereinandergeschlagenen Beinen auf dem riesigen Schreibtisch, wie ein frecher Siebtklässler, dessen Lehrerin gerade das Klassenzimmer verlassen hatte.

»Hallo, Celia«, sagte er lächelnd.

»Sir, das sind die Kinder von der Fähre. Und der Polizeichef kommt auch gleich. Ich habe am Empfang Bescheid gegeben, ihn hereinzuschicken, sobald er eintrifft.«

»Wenn der Polizeichef kommt, dann lassen Sie ihn ruhig warten. Diesen Kindern gilt jetzt meine Priorität. Und würden Sie bitte auch draußen warten, Celia.«

»Ich habe nichts dagegen, mich dazuzusetzen«, sagte die Frau.

»Ich weiß«, erwiderte der Bürgermeister. »Aber es gibt genügend Notfälle, die Ihrer Aufmerksamkeit bedürfen.«

»Ich bleibe aber gerne hier«, entgegnete Celia.

»Das weiß ich zu schätzen«, sagte der Bürgermeister. »Aber ich kann mich auch ohne Ihre Aufsicht mit den Kindern unterhalten.«

Celia runzelte die Stirn. »Na gut, ich warte draußen«, sagte sie zähneknirschend und marschierte hinaus.

Lilli blickte ihr nach und fragte sich, ob Celia an der Tür lauschen würde.

»So, das wäre erledigt«, sagte der Bürgermeister.

»Ja, endlich«, brummte Richie.

Bürgermeister Douglas rutschte vom Schreibtisch. »Schön, lasst uns zur Sache kommen«, sagte er. »Zunächst einmal möchte ich euch beglückwünschen und euch meinen Dank aussprechen.« Plötzlich machte er einen Satz nach vorn und schüttelte jedem von ihnen die Hand. »Für eure Heldentat auf der Fähre werdet ihr morgen im Blog über die Rettungsaktivitäten in Seattle an oberster Stelle stehen. Kinder retten Kinder. Sehr heroisch.«

»Vielen Dank, Sir«, sagte Sandy.

»Sie war aber gar nicht dabei«, bemerkte Richie.

»Ich meine, ich danke Ihnen im Namen der beiden«, verbesserte sich Sandy.

»Dann habt also ihr beiden mit eurer schnellen Auffassungsgabe, eurer Tatkraft und, wie es scheint, mit einer guten Portion Glück das Leben vieler Menschen gerettet. Die Leute sagen, es sei Zauberei gewesen.«

Sandy trat vor. »Die Ereignisse auf der Fähre lassen sich mit den Naturgesetzen und einer simplen Untersuchung der Wellenaktivität am Bug erklären …«

»Du musst ihre Freundin Sandy sein, richtig?«

»Freundin und Beraterin.«

»Wie ich höre, arbeitest du in der Stadtbibliothek. Mir wurde berichtet, deine Magnetkarte wäre benutzt worden, als die Zerstörung unserer wertvollen Büchersammlung gestoppt wurde. Und der Abschleppwagen, in dem du herumgefahren bist, wurde gesehen, als in Belltown eine geheimnisvolle Graffiti-Reinigungsaktion im Gange war.«

Sandy errötete und nickte. »Ich hatte ein bisschen Hilfe.« Sie deutete auf Lilli und Richie.

»Ein bisschen?«, warf Richie ein. »Wir haben deinen Hintern gerettet, Süße.«

»Und ich musste Tausende von Würmern über mich hinwegkrabbeln lassen wegen deiner blöden Bücher«, grummelte Lilli.

Der Bürgermeister kicherte.

»Verzeihen Sie ihnen«, sagte Sandy schnell. »Die beiden haben nicht viel Taktgefühl und keinerlei Erfahrung im Umgang mit politischen Offiziellen.«

»Oder politischem Unsinn«, sagte Lilli.

»Was sie meint, ist …«, warf Sandy ein.

»Was ich meine, ist, wir trauen der Regierung nicht«, blaffte Lilli.

»Ganz genau«, fügte Richie hinzu. »Ist nicht böse gemeint.«

Sandy wand sich innerlich, aber der Bürgermeister machte das Friedenszeichen.

»Ich verstehe euch«, sagte er. »Als ich in eurem Alter war, habe ich der Regierung auch nicht über den Weg getraut. Ich habe an Protestmärschen teilgenommen und Petitionen unterschrieben. Aber dann wurde ich in ein Komitee berufen. Kurz darauf wurde ich in ein Amt gewählt, und eines Tages bin ich aufgewacht, und mir wurde klar, dass *ich* nun Teil der Regierung bin.« Er schüttelte den Kopf. »Aber genug von mir. Ich nehme an, ihr möchtet einfach nicht, dass ein Politiker eure bemerkenswerte Rettungsaktion missbraucht, um sich selbst ins rechte Licht zu rücken. Ihr habt es getan, weil es das Richtige war, und niemand soll davon profitieren, weder in den Medien noch anderswo. Habe ich recht?«

Lilli nickte beeindruckt – es war, als würde er ihre Gedanken lesen.

»Perfekt.« Der Bürgermeister lächelte. »Dann hört mir bitte einfach zu. Abgemacht?«

»Abgemacht«, sagte Lilli.

Richie nickte. »Klar doch.«

»Jawohl, Sir«, sagte Sandy.

»Und lassen wir bitte die Formalitäten. Ihr könnt mich Bürgermeister Doug nennen.«

Er bedeutete ihnen, auf dem großen weichen Sofa Platz zu nehmen, und setzte sich zu ihnen statt an seinen Schreibtisch.«

»Ich glaube, ihr wisst genau, was in unserer Stadt wirklich los ist«, sagte er leise und sah plötzlich sehr ernst aus.

Die drei blickten sich betreten an. Lilli fragte sich, ob er ihnen irgendwie auf die Schliche gekommen war und von den Dämonen wusste.

»Ich kann alles erklären«, erbot sich Sandy.

»Nein!«, rief Lilli und trat Sandy ans Schienbein.

»Aua!«

»Ihr müsst mir nichts verraten«, sagte Bürgermeister Doug. »Ich bin nicht blind. Ich weiß, dass hinter dem Stromausfall, hinter den unerklärlichen Phänomenen und all den gleichzeitigen Katastrophen mehr steckt als das Offensichtliche. Es ist irgendetwas Fundamentales. Die Ordnung bricht zusammen. Die Menschen haben Angst.«

Er stand auf und deutete aus dem Fenster. »Die Menschen brauchen Helden.«

»Helden?«, wiederholte Lilli.

»Helden?«, echote Sandy.

Richie grinste. »Wie Batman?«

»Richie, sei still!«, schimpfte Sandy. »Du sprichst mit dem BÜRGERMEISTER. Erzähl nicht so einen Unsinn.«

»Du hast völlig recht, Richie«, sagte Bürgermeister Doug.

»Wie bitte?«, japste Sandy.

»Wir brauchen Taten. Keinen Erlass oder ein neues Gesetz. Ja, was wir brauchen, sind Superkids, die Supertaten vollbringen.«

»Jippiii!«, rief Richie, dann beugte er sich zu Sandy hinüber und flüsterte: »Da hast du's, Brillenschlange. Spar dir deine Predigt.«

»Die Menschen brauchen Stabilität«, sagte Bürgermeister Doug. »Sie müssen glauben, dass jemand die Ordnung aufrechterhält. Und die Regierung braucht im Moment jede erdenkliche Hilfe, um dies zu tun. An der Stelle kommt ihr ins Spiel. Ich weiß nicht, wie ihr das Heldenstück vollbracht habt, das mehrere Zeugen auf der Fähre beobachtet haben, aber es belegt den Willen der Bürger, die Probleme selbst anzupacken. Falls ihr eure Arbeit also noch eine Weile fortführen könntet…« Er nickte den dreien zu, als erwartete er, dass sie den Satz für ihn zu Ende sprechen würden.

Lilli ergriff das Wort. »Verstehe ich Sie richtig? Sie möchten, dass wir durch die Stadt ziehen und uns in Lebensgefahr begeben, um all die Notfälle zu entschärfen?« Sie redete ein bisschen zu laut.

Bürgermeister Doug wandte sich besorgt um und sprach direkt in Richtung Tür. »Oh, nein. Natürlich nicht«, verkündete er mit lauter Stimme. »Das wäre unangemessen und verantwortungslos. Die Stadtregierung würde so etwas nie gutheißen.« Dann wandte er sich wieder zu den dreien um und flüsterte so leise, dass ihn draußen niemand hören konnte: »Die Wähler verlieren ihr Vertrauen in meine Führungskraft. Könntet ihr mir vielleicht ein bisschen zur Hand gehen?«

16. Kapitel

Unverhofft kommt oft

Eine Woche später traf Sandy mittags bei Lilli und Richie im Haus auf dem Queen-Anne-Hügel ein, so wie jeden Tag. Nachmittags patrouillierten sie durch Seattle. Sie hatten viele kleine Siege errungen und eine hübsche Zahl minderer Dämonen eingefangen.

Zum Beispiel hatte Sandy einen ausrangierten Bibliothekstisch zur Kaugummimauer am Pike Place Market mitgebracht, und die drei hatten den Tisch, während sie die Straße entlangrannten, als Schutzschild hochgehalten. Alle losen Kaugummis waren sofort von der Mauer abgesprungen und an die Unterseite des Tisches geklatscht, unfähig, ihr Wesen zu verleugnen. Die restlichen Kaugummis, die an der Mauer kleben geblieben waren, hatte Lilli mit Schellack fixiert, und bei der ganzen Aktion war den dreien nichts weiter passiert, außer dass ein einzelner Kaugummi sich an Richies Schuhsohle geheftet hatte.

Es hatte einen ganzen Tag gedauert, um die Second-Hand-Läden nach den Kleidungsstücken zu durchstöbern, die Nate vom Dachboden hatte entlaufen lassen. Sandy hielt die Kleidungsstücke hoch, und Lilli und Richie prüften, ob es sich um einen Dämon handelte. Eine Hose ergriff die Flucht, als sie erkannt wurde, und Richie musste ihr hinterherhechten, damit sie nicht aus dem Laden entkam. »Die gefällt mir wirklich *total*«, hatte er der Verkäuferin zugeraunt, als sie ihn am Boden liegen sah, die Arme fest um die Hose geschlungen. Sie hatten einen Rubin von der Größe einer Fünfundzwanzig-Cent-Münze gegen Bargeld eintauschen müssen, um all die Sachen zurückkaufen zu können.

Um die anderen Probleme, die der Bürgermeister ihnen meldete, kümmerten sie sich in ähnlicher Weise. Sandy schlug eine Seite im Stadtplan auf und fuhr das Gebiet mit dem Abschleppwagen ab, und Lilli und Richie standen auf der Ladefläche und hielten nach Chaos Ausschau. Wenn sie etwas spürten und die Assistenzbibliothekarin anhalten sollte, klopften sie aufs Dach, dann sprangen sie hinunter und fingen den aufgespürten Dämon ein.

Sie arbeiteten anonym, aber die Berichte über die waghalsigen Taten dreier geheimnisvoller Superkids hatten sich rasch im Internet verbreitet. Die Panik in der Stadt flaute etwas ab, und selbst das Chaos schien ein klein wenig zurückzuweichen.

Nun versammelten sie sich im Arbeitszimmer an dem mit Kaugummi übersäten Bibliothekstisch, um die nächste Mission zu besprechen. Sandy und Richie mampften lächelnd eine Pizza, aber Lilli gab sich still und zurückhaltend – der öffentliche Erfolg bereitete ihr Unbehagen.

»Du hast an drei langen Straßenzügen alle Fassaden gereinigt«, redete Sandy ihr gut zu und nahm ein weiteres Stück der vegetarischen Pizza. »Alles Graffitigeschmiere ist verschwunden. Du hast Hunderte von gefährlichen Dämonen eingefangen, Bücher gerettet und zahllose Menschen vor dem sicheren Tod bewahrt.«

»Und ein riesiges, wichtiges Kunstwerk vor der Zerstörung«, fügte Lilli an. »Ich weiß, ich weiß. Das war alles toll, und es macht mich stolz, sicher. Aber im Auftrag der Regierung zu arbeiten? Es kommt mir einfach nicht richtig vor.«

Der Bürgermeister stellte sie als Helden dar. Nach dem Empfang bei ihm hatte er sofort eine Nachricht auf die Webseite der Stadt gestellt: »Anonyme Jugendliche retten Kinder auf Fähre, bewahren Bücher vor Zerstörung und säubern ganzes Stadtviertel!« Die Eine-Woche-Gratis-Pizza-Belohnung war nur eine der Vergünstigungen, die er ihnen gewährte. Sie hatten auch blaue Jacken erhalten, auf deren Vorderseite der Schriftzug »Sonderkommando Seattle« prangte.

Richie klopfte Lilli auf den Rücken. »Mensch, du bist berühmt«, sagte er mit einem Pizzabissen im Mund, »und stark wie sonst was. Du hast es mit Gangmitgliedern aufgenommen!«

»Mir war nicht klar, dass ich so … aggressiv sein kann«, sagte Lilli. »Meine Fähigkeit bestand immer nur darin, interessante visuelle Dämonen einzufangen, nicht, sie in Waffen zu verwandeln.«

»Ist alles in Ordnung mit dir?«, fragte Sandy.

Lilli ließ den Kopf hängen. Sie hatte gemischte Gefühle über ihren Kampf gegen das Chaos. Sie hatte immer mit ihm zusammengearbeitet, nicht dagegen. »Ja, mir geht's gut«, sagte sie schließlich. »Ich setze meine Kräfte für einen guten Zweck ein, stimmt's?«

»Natürlich«, sagte Sandy. »Wir helfen hilflosen Menschen.«

»Was ist unsere nächste Mission?«, fragte Richie.

»Die Mülldeponie«, las Sandy von einer Liste beunruhigender Phänomene ab, die der Bürgermeister ihnen gegeben hatte.

Er hatte sie ermutigt, die aufgelisteten Probleme zu lösen, aber sie eindringlich davor gewarnt, weitere Schäden zu verursachen. Lilli hatte darauf bestanden, dass keine Polizisten oder andere Angestellte der Stadt sie begleiteten, wenn sie sich ans Werk machten. Sie arbeiteten allein und im Geheimen und erstatteten erst dann Bericht, wenn sie ein »Problem« gelöst hatten. Der Bürgermeister wusste nach wie vor nicht, dass die Schwierigkeiten in seiner Stadt von Dämonen verursacht wurden. Sie erzählten ihm nur, dass sie ihr Bestes gäben, um herauszufinden, was hinter dem jeweiligen Problem steckte, und es anschließend zu lösen versuchten. Das schien dem Bürgermeister zu genügen, und er betonte, er benötige einfach nur gute Nachrichten für seine Wähler und wolle nicht in Verlegenheit gebracht werden.

»Die Einzelheiten, bitte«, sagte Richie und forderte von Sandy Informationen über das Problem auf der Mülldeponie.

»Sie liegt in Cedar Hills«, erklärte Sandy. »Die einzige aktive Lagerstätte für die Abfälle der Stadt. Dreihundertsechzigtausend Quadratmeter voller Müll. Bis vor einer

Woche luden Laster dort täglich zweitausendfünfhundert Tonnen Abfall ab.«

»Wow«, sagte Richie. »Eine Menge Müll.«

»Inzwischen türmen sich auf dem Gelände Müllberge mit einem Gesamtgewicht von siebzehntausendfünfhundert Tonnen auf. Alles verrottet und verwandelt sich im Regen in giftigen Schlamm. Man riecht den Gestank mehrere Kilometer weit.«

»Und worin besteht unsere Aufgabe?«, fragte Lilli.

Sandy las weiter, dann blickte sie auf. »Offenbar weigert sich der Müll, sich vergraben zu lassen.«

Die Mülldeponie in Cedar Hills lag nur ein kurzes Stück südöstlich der Innenstadt, und es dauerte nicht lange, mit dem Abschleppwagen auf dem Highway dorthin zu gelangen. Es gab kaum Verkehr auf den Straßen. Viele Menschen hatten die Stadt verlassen, und die meisten anderen blieben zu Hause, um nicht in Schwierigkeiten zu geraten. Als die drei die kleineren Straßen in Cedar Hills erreichten, war kein einziges Auto in Sicht.

»Die Müllkippe müsste gleich hinter dem nächsten Hügel liegen«, rief Richie aus dem hinteren Bereich der Fahrerkabine.

Zoot sprang aus seinem Versteck in Lillis bunt kariertem Stirnband und schaute sich neugierig um. Seine langen, nach oben gebogenen Hörner ragten ihm seitlich aus dem Kopf wie bei einem Wasserbüffel.

Sie stießen an die Decke der niedrigen Fahrerkabine.

»Pass doch auf«, sagte Richie und wich einer Hornspitze aus. Leider traf ihn die andere mitten im Gesicht und malte ihm einen pinkfarbenen Strich auf die Stirn. »Verdammt noch mal«, meckerte er.

»Pink steht dir gut«, lachte Lilli.

Der Abschleppwagen erklomm die Hügelspitze, und die Mülldeponie kam in Sicht. Ein verriegeltes Eisentor versperrte den Eingang, und ein hoher, mit Stacheldraht besetzter Gitterzaun umschloss das gesamte Gelände, das sich hinzog, so weit das Auge reichte. Der zuletzt angelieferte Müll war nicht verteilt oder vergraben worden und lag in riesigen Haufen da, die so hoch waren wie dreistöckige Gebäude.

»Wow«, sagte Sandy. »Sie sind höher, als ich dachte.«

»Wonach suchen wir?«, fragte Lilli.

»Nach allem, was uns komisch vorkommt«, antwortete Sandy.

»Oh, wie hilfreich«, murmelte Richie.

Lilli steuerte den Abschleppwagen auf das Eisentor zu, zog das Tempo an. »Die von Menschen weggeworfenen Gegenstände haben ein Leben nach dem Tod«, sagte sie und jagte den Motor hoch. »Einige wenige werden neu entdeckt und reanimiert und leben in Gebrauchtläden weiter. Der Rest befindet sich hinter diesem Tor in Gefangenschaft.«

Der tonnenschwere Abschleppwagen prallte mit einem scharfen *Peng* frontal gegen das Tor und stieß es auf, während das Fahrzeug hindurchrumpelte.

»Yeah!«, rief Richie.

Lilli nahm den Fuß vom Gaspedal und brachte den Wagen neben dem Häuschen der Wiegestation zum Stehen, direkt am Fuße eines gigantischen Müllbergs. Weit und breit war niemand zu sehen, und ein rascher Blick in den Rückspiegel verriet, dass auch hinter ihnen niemand stand.

»Letzter Halt«, verkündete Lilli. »Alles aussteigen.«

Sie kletterten aus dem Wagen. Es hatte die ganze Woche über geregnet, sowohl Nieselregen als auch Wolkenbrüche. Das an den Müllbergen herabgeflossene Wasser hatte riesige Schlammpfützen gebildet, um die Lilli, Richie und Sandy vorsichtig herumgingen.

»Was, wenn's hier gar kein Chaos gibt?«, fragte Richie. »Schnappen wir uns dann Schaufeln und heben neue Gruben aus?«

»Sieh dich doch um«, sagte Lilli und deutete auf die zahllosen Müllberge ringsum. Aus einem Bierflaschenhaufen ragte ein Kinderwagen heraus. Ein Fernseher mit zersprungenem Riesenbildschirm lag schräg auf mehreren weggeworfenen Kleidungsstücken, die aussahen wie ein Publikum, das so lange ferngesehen hatte, bis es zu Staub zerfallen war und nur die Anziehsachen übrig gelassen hatte. »Dieser Ort ist fast reines Chaos.«

»Aber es ist systematisch in Haufen angeordnet«, stellte Sandy fest.

»Ich spüre etwas«, sagte Lilli.

»Vielleicht einen Mülldämon«, schlug Sandy vor. »Ich habe von ihnen im *Kompendium* gelesen. Es ist Müll, der, nachdem man ihn weggeworfen hat, versucht, nach Hause zurückzukehren.«

»Die kenne ich«, sagte Richie. »Am Ende landet das Zeug in einer Schrankecke, im Keller oder in der Garage. Ich hatte mal ein Jo-Jo, das hab ich fünfmal weggeschmissen, und immer war es plötzlich wieder da. Wenn ich's mir genau überlege, hab ich es immer noch.«

Vorsichtig bahnten die drei sich einen Weg zwischen den riesigen Müllbergen. Lilli bemerkte, dass sie kaum Platz zum Ausweichen hätten, falls etwas Schlimmes geschähe. Es war beruhigend, Zoot auf ihrer Schulter sitzen zu haben. Sein kugelrunder Kopf drehte sich hin und her und saugte das unglaubliche Farbenbombardement aus den Millionen von weggeworfenen Gegenständen auf, die sich ringsum auftürmten. Die Tönung seiner rosigen Haut veränderte sich, während er die Farben betrachtete. Sie vermischten sich in seinem Innern, bis das Gewirr der Pigmente ihn schmutzig braun schimmern ließ.

Nach einem halben Kilometer waren die Müllberge so breit, dass es zwischen ihnen kaum noch ein Durchkommen gab. Abrupt blieb Lilli stehen.

»Was ist los?«, flüsterte Sandy. »Ein Dämon?«

»Nein«, sagte Lilli. »Menschen.«

Momente später hörten sie sie. Die Stimmen kamen von hinten auf sie zu, auf dem Weg, der zum Abschleppwagen führte.

»Die Stimmen kommen mir bekannt vor«, sagte Richie. »Und sie wecken keine guten Erinnerungen.«

Instinktiv rieb Richie sich das Gesicht, das man ihm vor kurzem mit Farbe besprüht hatte. Trotz seiner gelegentlichen Aussetzer vertraute Lilli Richies Instinkt – wenn er behauptete, Gefahr sei im Verzug, dann war dem auch so. Sie hielt nach einer Fluchtmöglichkeit Ausschau, aber der Weg vor ihnen endete vor dem größten Müllberg auf dem gesamten Gelände, und über die glitschigen, instabilen Müllhaufen ringsum zu klettern war unmöglich. Sie saßen in der Falle.

»Zoot, kannst du uns noch mal helfen?«, flüsterte sie. Aber ihr Hilfsdämon war überwältigt von all den Farben, die ihn umgaben. Farbtrunken schwankte er auf ihrer Schulter hin und her und war ihnen keine Hilfe. Stirnrunzelnd bugsierte sie ihn zurück in das Muster ihres Stirnbands.

In dem Moment tauchten hinter ihnen mehrere Personen auf, die Baseballkappen mit einem X vorne drauf trugen. Gangmitglieder. Es waren mehr als zehn Leute, die ihnen den Rückweg versperrten, Männer und Frauen, und die tätowierten Frauen sahen sogar noch eine Spur furchteinflößender aus als ihre männlichen Kollegen.

»Sieh mal einer an, die Spinner vom Reinigungsdienst«, rief eine vertraute Raspelstimme. »Ich wusste, dass wir euch finden würden«, verkündete er und lachte boshaft. Es war Dickie, der Gangchef aus Belltown.

»Lasst uns in Ruhe«, rief Sandy. »Wir versuchen nur gute Bürger zu sein.«

»Klar doch«, entgegnete sein dünner Kollege. »Wir auch. Wir untersuchen einen Einbruch auf der Müllhalde. Gerade haben wir das Fahrzeug beschlagnahmt, das bei dem Verbrechen benutzt wurde, und jetzt nehmen wir die Übeltäter fest.« Er zückte ein langes Messer.

»Wie habt ihr uns gefunden?«, fragte Lilli in der Hoffnung, ein bisschen Zeit zu gewinnen.

»Ist der einzige pinkfarbene Abschleppwagen in der Stadt«, sagte Dickie. »Der ist nicht schwer zu finden … lässt sich leicht verfolgen.«

Die Gangmitglieder waren ihnen von Queen Anne gefolgt, was bedeutete, sie wussten, wo Lilli und Richie wohnten. Hinter ihr wackelte der riesige Müllberg unmerklich hin und her, und ein rostiger Kochtopf, eine gansförmige Gartenstatue und zwei leere Motorölflaschen rutschten herab und blieben vor ihren Füßen liegen.

Die Gangmitglieder traten auf die drei zu. »Ich sehe, wir müssen dich noch mal kennzeichnen«, sagte der Dünne zu Richie und zog eine Spraydose heraus. »Diesmal sprüh ich dir ein schickes Blau auf die Augäpfel. Keine Sorge, jeder mag blaue Augen.«

Lilli stellte sich schützend vor Richie.

»Für dich wird's noch schlimmer, Mädchen«, sagte Dickie und deutete auf sie, eine eigene Spraydose schüttelnd. Während das Rattern des Kügelchens in der Dose über den Pfad zwischen den Müllbergen hallte, geriet der größte Müllberg erneut mit einem leisen Schmatzgeräusch ins Schwanken.

»Ich dachte, ich hätte euch Kotzbrocken gelehrt, sich nicht mit uns anzulegen«, knurrte Lilli.

»Ja«, sagte Richie. »Verzieht euch lieber, sonst kriegt ihr von meiner Freundin eine Ladung Kackbraun ab, wie ihr es noch nie gesehen habt, glaubt mir!«

»Sei still«, flüsterte Lilli. »Ich bluffe doch nur.«

»Diesmal habt ihr keine Chance«, sagte der Dünne und winkte seine Kumpane heran.

»Wer man uns einmal blöd gekommen ist, den vergessen wir nie wieder«, sagte eine der tätowierten Frauen. Sie hatte ein Hai-Tattoo am Hals. Eine andere hatte blaue Sterne auf der Stirn und Schlangen um die Handgelenke. Anders als die schönen, sich ständig verändernden Tinten-

designs, die Lillis Körper zierten, saßen die Tätowierungen der weiblichen Gangmitglieder an den falschen Stellen und waren amateurhaft aufgetragen, so dass ihre junge Haut aussah wie mit schludrigen blauen Farbkleksen verunstaltet, die eher an hässliche Narben erinnerten als an Kunst.

»Und wir wissen, dass ihr in dem alten Haus auf dem Hügel wohnt«, sagte die andere Frau.

»Ja«, höhnte Dickie. »Ihr solltet euren Wagen nicht direkt davor parken.«

Sandy beugte sich zu Lilli hinüber. »Ich glaube, der Müllberg hinter uns ist instabil.«

»Genau wie diese Volltrottel«, flüsterte Lilli.

»Wenn wir ein bisschen nachhelfen, könnte der Berg zusammenfallen«, schlug Sandy vor.

»Und uns unter sich begraben?« Lilli verdrehte die Augen. »Tolle Idee.«

»Nein. Meine Kenntnis über Lawinen sagt mir, dass der Großteil des Berges einige Sekunden benötigen wird, um hinabzurutschen, nachdem er zu kollabieren beginnt, und das gibt uns Zeit, um davonzurennen. Wir könnten in der allgemeinen Verwirrung entkommen.«

Lilli runzelte die Stirn. »Mit Verwirrung kenne ich mich aus«, sagte sie. »Und ich muss zugeben, dass ich keinen besseren Plan habe. Aber wohin sollen wir rennen?«

»Genau auf die Kerle zu, aber danach nehmen wir die erste Abzweigung, die kommt«, sagte Sandy, während sie den Müllberg betrachtete. Sie packte die Armlehne eines alten durchgeweichten Sofas, das darin eingeklemmt war. »Richie, hilf mir.«

Richie hatte ihnen zugehört und packte das Sofa, um Sandy zu unterstützen. Es war klitschnass und schwer, aber klein genug, um es bewegen zu können. Und gleichzeitig war es groß genug, um den Berg zum Einsturz zu bringen, wenn man es herauszöge. Lilli sah, dass Sandy eine gute Wahl getroffen hatte.

»Wollt ihr uns etwa mit dem Sofa erschlagen, oder sucht ihr nur eine Sitzgelegenheit, um euch eure Abreibung verpassen zu lassen?«, höhnte Dickie und sprühte einen Farbstoß in die Luft, während er mit seinen Kollegen im Schlepptau auf sie zutrat.

Lilli wandte sich um, um Sandy und Richie zu helfen, und das Sofa rutschte mit einem lauten Schmatzgeräusch aus dem Haufen heraus.

Für Lilli schien die Zeit in den nächsten drei Sekunden stillzustehen. Zuerst geschah gar nichts, und sie dachte schon, es würde nicht funktionieren – sie würden sich von den Schlägern die Augen einsprühen lassen müssen und wären danach unweigerlich auf der Müllhalde verloren, erblindet, unfähig hinauszufinden, bis sie in all dem stinkenden Unrat sterben würden. Aber dann fuhr ein gewaltiger Schauder durch den dreistöckigen Müllberg.

»Lauft!«, rief Sandy und spurtete los. Lilli und Richie ließen das Sofa fallen und folgten ihr.

Im ersten Moment glaubten die Schläger, die drei würden sie angreifen. Die tätowierten Frauen zückten hölzerne Schlagstöcke, und die Männer bildeten einen Kreis, um Lilli, Richie und Sandy abzufangen. Aber dann schauten die Grobiane nach oben.

Der triefnasse Hügel wogte hin und her wie ein Berg aus

Wackelpudding und schwankte einen Moment lang über ihnen. Und als er hätte einstürzen sollen, richtete er sich stattdessen auf und versperrte einen Moment lang den Blick zum Himmel.

»Mülldämon!«, rief Lilli. Sie, Sandy und Richie stürmten an den glotzenden Schlägern vorbei und rannten nach links in einen Pfad zwischen zwei anderen Müllbergen.

Dickie und sein dünner Kollege hatten sich schon einmal von Lilli überraschen lassen und waren klug genug, sofort die Flucht zu ergreifen. Der Rest der Bande blieb stehen. Sie standen wie erstarrt da, und das Müllmonster spülte über sie hinweg und stopfte sich die Leiber der schlecht tätowierten Frauen und Männer in seinen mahlenden Bauch.

Die herabstürzende Welle aus durchweichten Abfällen raste Dickie und seinem dünnen Freund hinterher, nur abgebremst, wenn sie auf andere, kleinere Müllberge traf, aber dann riss sie auch diese mit und gewann dadurch weiter an zerstörerischer Masse.

Dickie verlor seine Baseballkappe, und obwohl er wütend zurückblickte, wagte er nicht, stehen zu bleiben und sie aufzuheben. Er war langsamer als der Dünne, der als Erster den Abschleppwagen erreichte. Die Wagentür stand noch offen, und er sprang hinein und zog sie schnell zu. Dann kam Dickie herangetaumelt und presste sein schwammiges Gesicht ans Fenster.

»Lass mich rein!«, brüllte er mit einer Miene, die nicht mehr hart oder drohend, sondern nur noch entsetzt war. Dann spülte die heranrauschende Müllwelle ihn hinfort wie Treibgut, und zurück blieb von ihm nichts weiter als ein Spuckefleck an der Fensterscheibe, wo er seinen letzten Hilferuf ausgestoßen hatte.

Nachdem es alle Mitglieder der Schlägerbande verschluckt hatte, hielt das Müllmonster nach weiteren Opfern Ausschau. Lilli, Richie und Sandy waren zwischen anderen Müllbergen davongeschlichen und versteckten sich hinter einem Haufen ausrangierter Haushaltsgeräte.

Richie lugte dahinter hervor.

»Was siehst du?«, flüsterte Sandy.

»Eine garagengroße Amöbe, die aus Altmetall, Bananenschalen, schmutzigen Windeln und allem anderen ekligen Zeug besteht, das man sich vorstellen kann. Und sie kommt in unsere Richtung.« Richie zog sich wieder hinter einem Kühlschrank zurück.

»Hat sie den Feind ausgeschaltet?«, fragte Lilli.

»Ja, glaub schon«, sagte Richie und hielt ihr den gehobenen Daumen entgegen.

»Den *Feind*?«, zischte Sandy. »Was soll das Gerede vom Feind? Wir sollen doch die Bevölkerung schützen, oder?«

»Die Kerle hätten uns umgebracht«, sagte Lilli. »Und wie es aussieht, wird dieser Mülldämon es auch tun. Wir könnten ein bisschen Hirnschmalz von dir gebrauchen, du Besserwisserin. Hast du eine Idee, wie wir hier heil rauskommen, oder kannst du uns nur kritisieren?«

Sandy sah gekränkt aus, aber ein lautes Plitsch-Platsch-Geräusch ließ sie alle drei erstarren. Der Mülldämon lauerte auf der anderen Seite des Haushaltsgerätehaufens, seine langen Mülltentakel wühlten sich durch den Unrat, suchten nach ihnen.

»Er ist blind«, sagte Sandy plötzlich.

»Und wie entscheidet er, was er jagen soll?«, fragte Richie.

»Ich weiß nicht«, antwortete Sandy. »Geräusche? Vibrationen?«

»Gerüche?«, schlug Richie vor.

»Er spürt weggeworfene Gegenstände und Lebewesen«, sagte Lilli, »Menschen und andere. Und er versucht sie zu absorbieren.«

»Ich möchte aber nicht absorbiert werden«, sagte Richie.

Ein Tentakel aus einem mit Glasscherben besetzten Gartenschlauch kroch ganz in der Nähe über einen elektrischen Herd. Ein zerbrochener Brenner hängte sich ans Schlauchende, wie eine spiralförmige Klaue, und begann nach Opfern zu tasten.

Lilli duckte sich, als die Klaue über ihrem Kopf hinwegglitt, und Sandy zog den Bauch ein, um nicht berührt zu werden. Richie dagegen stand der Klaue im Weg, konnte ihr nicht ausweichen. Er blickte sich fieberhaft um, während die beiden Mädchen ihm bedeuteten, reglos stehen zu bleiben. Aber die Brennerklaue kroch zwischen seinen Beinen nach oben, und er konnte nicht stehen bleiben.

»Hü-aahh!«, brüllte er und schlug mit einer zerbrochenen Schaufel den Schlauch durch, so dass die Spiralhand zu Boden fiel und erschlafft liegen blieb. Er blickte auf. »Rennen wir jetzt los?«

»Ja«, sagte Lilli.

»Weg hier!«, rief Sandy.

Sie stürmten dem Eingang der Mülldeponie entgegen, während zehn weitere Tentakel aus alten Röhren, verdreckten Seilen und anderem biegsamem Müll hinter dem

Haushaltsgerätehaufen hervorschossen. Die drei rannten und wichen immer wieder zur Seite aus. Richie hackte auf die Tentakel ein, die nach ihnen griffen. Eine schmutzige lange Hand aus chirurgischen Instrumenten und stinkenden Socken schlang sich um Sandys Bein, und er stieß die zerbrochene Schaufel mitten durch die Hand in den Boden.

»Danke!«, japste Sandy.

Während sie rannten und rannten, verleibte der Mülldämon sich den Haushaltsgerätehaufen ein, riss die Föhne, Kühlschränke und Geschirrspüler heraus und stopfte sich alles in den massigen Körper. Unterdessen konnten sich Lilli, Sandy und Richie einen kleinen Vorsprung erlaufen.

Dennoch blieb der riesige Müllberg ihnen auf dem Fersen. Er wogte unablässig voran, seine Myriaden von dreckstarrenden Einzelteilen pflügten durch die Abfälle, die ihm im Weg waren, und absorbierten sie, so dass er größer und größer wurde. Zersplittertes Holz, scharfkantige Sprungfedern und Metallrahmen aus alten Bettgestellen schufen einen knirschenden Mahlstrom, der sie unweigerlich zerquetschen würde, falls sie ihr Tempo auch nur ein klein wenig verringern würden.

Lilli stürmte um eine Biegung und blieb abrupt stehen. Sackgasse. Richie und Sandy kamen herangeeilt und sahen sich fieberhaft um. Sie saßen in der Falle. Hinter ihnen richtete der Müllberg sich auf und hielt inne, um kurz den Augenblick seines Triumphes zu genießen, bevor er sie verschlingen würde.

»Tut mir leid«, sagte Sandy. »Das alles war meine Idee.«

»Wir sind ein Team«, erklärte Lilli. Es wäre sinnlos, einem Einzelnen die Schuld an allem zu geben.

»Ja«, sagte Richie. »Wir haben alle zugestimmt, auf Dämonenjagd zu gehen.«

Plötzlich übertönte das Brüllen eines Fahrzeugs ihren Wortwechsel. Hinter dem Mülldämon ließ der Abschleppwagen den Motor aufheulen. Die Reifen drehten einen Moment lang durch, wirbelten Matsch auf.

Der Mülldämon kauerte sich zusammen, suchte nach einem Fluchtweg.

»Seht nur! Vorne am Wagen hängt eine riesige Klinge«, sagte Sandy und deutete auf den Kühlergrill, wo jemand in einer horizontalen Linie die Metallverschlüsse von Aluminiumdosen an der Stoßstange befestigt und dadurch einen scharfkantigen Pflug hergestellt hatte. »Der Dämon fürchtet sich davor.«

»Wer sitzt am Steuer?«, rief Richie.

Der Abschleppwagen kam auf den Müllberg zugerast, der sich nun wieder aufrichtete und zur Seite neigte, als versuche er, sich umzuwenden und zu fliehen. Einzelne Abfälle rutschten entsetzt an ihm herunter. Hunderte durchweichter Zeitungen kamen aus dem Müllberg herausgeflattert wie ein erschrockener Vogelschwarm. Schimmlige Puppen krochen unter dem Haufen hervor und krochen verzweifelt zu anderen Müllbergen, um sich dort in Sicherheit zu bringen. Ein alter Toaster versuchte herunterzupurzeln, aber vergebens, weil sein Stromkabel in dem Haufen festhing.

Der Abschleppwagen mit der improvisierten Bulldozerklinge raste genau in die Mitte des Dämons hinein. Beim Aufprall gab es einen ohrenbetäubenden Knall, und die Abfälle flogen in alle Richtungen. Lilli, Richie und Sandy sprangen zur Seite, wurden aber trotzdem mit herumfliegendem Müll übersät. Einen Moment lang konnten sie nichts mehr erkennen.

Dann, genauso plötzlich, wie der Müll explodiert war, lag er reglos am Boden, und auf der Mülldeponie kehrte wieder Ruhe ein. Benommen blickten Lilli, Richie und Sandy um sich. Der Müllberg war verschwunden, und statt seiner lag nun eine platt gewalzte Schicht aus Abfällen vor dem Kühlergrill des Abschleppwagens.

»Ist er tot?«, fragte Sandy.

»Nein«, sagte Lilli. »Müll kann man nicht töten. Man kann nur versuchen, seiner Herr zu werden.«

Alle drei starrten zur Windschutzscheibe des Abschleppwagens. Sie war völlig verdreckt, mit Schlamm und klebrigem Schleim verschmiert. *Einer der Schläger, dem die Flucht gelang?,* fragte sich Lilli beklommen. Es war die einzige Erklärung. *Gleich wird er auch uns überfahren.* Dann traf sie, Richie und Sandy fast der Schlag, als sich die Scheibenwischer in Bewegung setzten, den Dreck von der Windschutzscheibe schoben und ein bekanntes Gesicht zu ihnen herabblickte.

»Nate!«, riefen sie alle wie aus einem Mund.

17. Kapitel

Wieder vereint

Nate setzte zurück und wendete den Abschleppwagen in Richtung eines weiteren bedrohlichen Müllhaufens. Der Haufen wartete nicht, bis man ihn niederwalzte – er grub sich lieber freiwillig in den Boden, bis nichts mehr von ihm übrig war.

»Hey, Mann!«, rief Richie freudig, als Nate an ihnen vorbeidonnerte und auf einen dritten Müllhaufen zuhielt, der eilig davonwogte. Der Abschleppwagen überholte und rammte ihn, schleuderte seine Bestandteile quer über den Platz.

Nate hielt an, ließ den Wagen im Leerlauf stehen und stieg aus. Lilli, Sandy und Richie rannten ihm entgegen. Als sie ihn erreichten, wetteiferten Lilli und Sandy um die beste Position, um Nate als Erste umarmen zu können.

»Hallo, alle miteinander!«, sagte Nate grinsend. Aber er konnte sich nicht entscheiden, welches Mädchen er zuerst umarmen sollte, ohne das andere zu verärgern.

»Du hast uns das Leben gerettet, Alter!«, rief Richie und

machte einen Satz nach vorn, um Nate in die Arme zu schließen.

»Nett«, sagte Lilli. »Er bevorzugt den kleinen Punker.«

Statt sie zu umarmen, hielt Nate den beiden Mädchen die Hände zum Abklatschen hin. Sandy und Lilli sahen sich stirnrunzelnd an, dann klatschten sie ihn halbherzig ab.

»Wow, das war echt hammermäßig!«, sagte Richie. »So was hab ich noch nie gesehen!«

»Ja«, murmelte Sandy. »Hammermäßig unsensibel.«

»Total!«, sagte Richie. »Er hat die Haufen voll plattgemacht!«

»Glaubt ihr, die rühren sich noch mal?«, fragte Lilli und schaute sich nervös um.

Nate war sich nicht sicher. Das war er nie. Aber er hoffte, der Müll würde bleiben, wo er war; er wollte nicht, dass Lilli sich sorgte, und es freute ihn, dass Richie so beeindruckt von ihm war.

»Das will ich doch nicht hoffen«, sagte er.

»Alter«, fragte Richie, »seit wann bist du zurück? Wie hast du uns gefunden? Was ist draußen auf dem Meer passiert?«

»Lange Geschichte«, erwiderte Nate. »Ich erzähle euch alles, sobald wir hier aufgeräumt haben.« Nun war Nate derjenige, der sich nervös umschaute. Er war sich nicht sicher, wie viele weitere Mülldämonen es noch auf der riesigen Deponie gab. »Lasst mich einfach sagen, ich bin froh, wieder hier zu sein.«

Sie fuhren auf der Deponie umher und trieben die riesigen Müllberge zur Mitte des Geländes, dann zwangen sie

sie, sich aufzulösen. Diejenigen, die sich nicht fügen wollten, riss der Abschleppwagen mit seinem modifizierten Kühlergrill in Stücke. Zweimal jedoch griffen hohe Müllberge das Fahrzeug an und hätten es fast unter sich begraben. Und ein kleinerer Haufen raste ihnen hinterher, bis Nate den Rückwärtsgang einlegte und das angriffslustige Monster mit den Reifen in drei Teile zerlegte. Einzelne Müllstücke flohen, dann gruben sie sich in die schlammige Erde und verschwanden auf Nimmerwiedersehen. Nach mehr als einer Stunde harter Arbeit und einigen heiklen Situationen bestand die gesamte Deponie nur noch aus platt gewalztem oder im Erdreich vergrabenem Müll, und lediglich einige wenige lose Zeitungsseiten flatterten noch im Wind darüber hinweg.

Die vier Freunde sanken erschöpft und erleichtert in der engen Fahrerkabine zusammen.

»Wir haben diese Schlägertypen umgebracht«, sagte Sandy nach einer Weile.

»Was?!!!«, rief Nate erschrocken.

»Haben wir nicht«, sagte Richie. »Der Müll hat sie gekillt.«

»Aber wir haben ihn auf sie losgelassen«, entgegnete Sandy.

»Was für Schlägertypen waren das?«, wollte Nate wissen.

»Mitglieder einer Gang, die sauer auf uns waren«, erklärte Lilli. »Weil ich sie neulich zum Kotzen gebracht habe.«

Nate verstand nur Bahnhof, ließ sie aber weiterreden.

»Sie sind uns hierher gefolgt, um uns zusammenzuschlagen oder uns noch Schlimmeres anzutun. Der Müll hat sie unter sich begraben.«

»Die haben es nicht anders verdient«, fügte Richie an. »Sie waren Müll in Menschengestalt.«

»Richie!«, schalt ihn Sandy. »Wir töten nicht.«

»Nein«, pflichtete Nate ihr bei. »Wir lösen Probleme.«

»Aber wenn es sein muss, treten wir Leuten in den Hintern«, entgegnete Richie.

»Aber nur, wenn es wirklich nicht anders geht«, sagte Lilli.

»Ich bin kein Mitglied einer Bürgerwehr«, erklärte Sandy. »Wir handeln in offiziellem Auftrag.« Sie deutete auf den Aufdruck an ihrer Jacke.

»Moment mal«, sagte Nate verwirrt. »Was hat das zu bedeuten…?«

Nach dem Massenbegräbnis auf der Mülldeponie fuhren die Freunde nach Norden in Richtung Innenstadt. Lilli, Sandy und Richie erklärten, dass der Bürgermeister sie zur Deponie geschickt hatte.

»Ihr könnt doch nicht für den Bürgermeister arbeiten!«, empörte sich Nate. »Und ihr hättet ihm niemals verraten dürfen, dass wir Dämonen fangen.«

»Haben wir auch nicht«, sagte Sandy. »Er weiß nicht, *wie* wir tun, was wir tun. Er möchte einfach nur, dass wir damit weitermachen.«

Wütend trommelte Nate aufs Lenkrad. »Aber er gibt offizielle Nachrichten über uns heraus!«

»Ja«, sagte Richie. »Wir sind Helden.«

»Das nimmt ein schlimmes Ende«, warnte Nate. »Die

Geschichte von uns Dämonenhütern ist, dass man uns, wenn Dinge schieflaufen, mit der Mistgabel aus der Stadt jagt.«

»Erzähl uns, wie es dir auf See ergangen ist«, versuchte Lilli das Thema zu wechseln. »Und wie du uns gefunden hast.«

»Ja«, sagte Sandy. »Du musst uns auch so einiges erklären.«

Nate schilderte rasch, wie es ihn auf die Plastikinsel im Großen Pazifischen Müllstrudel verschlagen hatte, und er gab zu, ein Boot gestohlen zu haben, um nach Seattle zurückzugelangen. Dass Carma sich mit ihm angefreundet und ihm bei der Flucht geholfen hatte, erwähnte er nicht. Er wollte den anderen Mädchen nicht seine Beziehung zu Carma erklären müssen. Besonders nicht, weil ihm ihr langer Kuss so gut gefallen hatte, wie ihm rückblickend bewusst wurde. Gleich nach seiner Ankunft in Seattle war er nach Hause gefahren und hatte im Nachbargarten Mr. Neebor angetroffen, der dabei war, einen Zaun aus Autoreifen zu bauen, von denen vier offenkundig von seinem auseinandergefallenen Chevy stammten. Mr. Neebor hatte ihm erzählt, wo Lilli, Richie und Sandy mit seinem Abschleppwagen hingefahren waren, und Nate war nicht einmal ins Haus gegangen, sondern hatte sich sofort auf den Weg zur Mülldeponie gemacht.

Richie zuckte zusammen. »Während der Jagd auf die Müllberge haben wir den Wagen des Alten ganz schön ramponiert.« Es stimmte – der Abschleppwagen war verbeult und zerkratzt, hatte riesige Dellen im Kühlergrill und war völlig verdreckt.

Sandy nickte fortwährend, während Nate seine Geschichte erzählte. Als er fertig war, sagte sie: »Ich habe vorhin im Internet einen Artikel über eine Gruppe von Leuten gelesen, die sich mitten im Pazifik an eine künstliche Insel geklammert hatten, ehe man sie vor einigen Tagen gerettet hat.«

Nates Brauen schossen in die Höhe. »Wirklich? Was haben die Leute gesagt? Erzähl schon!«

»Der Sprecher der Überlebenden meinte, ihr Anführer hätte sie gegen ihren Willen als Arbeitssklaven auf der Insel festgehalten.«

»Wer war dieser Sprecher?«

»Eine junge Frau«, sagte Sandy.

»Wie sah sie aus?«

»Es gab kein Foto von ihr.«

»Wie war ihr Name?!« Nate warf die Hände in die Luft.

»Ich weiß es nicht. Beruhige dich.«

»Hieß sie Carma?«, platzte es aus ihm heraus.

»Ich weiß es nicht«, wiederholte Sandy. »Ist dir diese Carma denn so wichtig?«

»Nein«, sagte Nate etwas zu schnell. »Ich meine, ich habe vielleicht ein paarmal mit ihr geredet. Sie ist eine Freundin, schätze ich. Aber sie war nicht *meine* Freundin, falls du das meinst.«

»Quatsch, so etwas würdest du mir doch niemals antun«, sagte Sandy, die plötzlich ziemlich argwöhnisch klang.

Nate wurde klar, dass seine Zunge schneller gewesen war als sein Hirn und dass er sich vorsehen musste, weil Sandy nichts entging. Sie besaß die Gabe, ihm die Wahrheit zu entlocken, selbst wenn er sie keinesfalls verraten wollte.

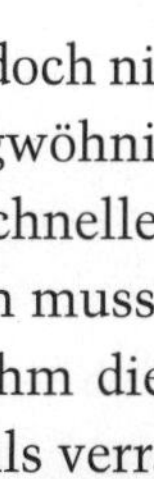

Zum Glück sprach Lilli ein anderes Thema an. »Du sagst, du hättest ein Boot gestohlen. Was ist denn mit der WANDERER geschehen?«

Nate schauderte. Er hatte den Wasserdämonen absichtlich nicht erwähnt. Die Erinnerung an die unselige Begegnung auf dem Meer war zu beunruhigend für ihn. Er versuchte woanders hinzuschauen, aber Lillis Blick war fest auf ihn gerichtet.

Auch Sandy bemerkte seine Reaktion. »Gibt es etwas, was du uns verschweigst?«, fragte sie.

»Ein Wasserdämon hat die WANDERER zertrümmert. Es war derselbe Dämon, der meine Eltern getötet hat. Er hat versucht, auch mich umzubringen, dessen bin ich mir sicher. Aber er hat mich nicht bis zur Plastikinsel verfolgt.«

»Ein Wasserdämon?«, fragte Lilli.

»Er hat sich als Monsterwelle manifestiert und die WANDERER zum Kentern gebracht. Ich selbst wäre fast ertrunken, wurde dann aber auf der Plastikinsel an Land gespült.«

»Hey!«, sagte Richie. »Dein Wasserdämon klingt mir aber verdächtig nach dem Plansch!«

»Der Plansch?« Nate sah ihn verwirrt an. »Wer ist das denn?«

»Na, der Dämon, der fast die Fähre zum Kentern gebracht hätte!«

Sandy und Lilli versuchten schnell, Richie zum Schweigen zu bringen, aber es war zu spät.

»Wie bitte?« Nate machte große Augen und begann zu zittern. »Der Wasserdämon ist hier? In Seattle?«

»Wirklich großartig, Richie«, schimpfte Lilli und versetzte ihm einen Klaps auf den Hinterkopf.

»Seit dem Vorfall auf der Fähre haben wir ihn nicht mehr gesehen«, sagte Sandy. »Vielleicht ist er ja verschwunden.«

»Erzählt mir alles, was auf der Fähre geschehen ist«, verlangte Nate. »Jede Einzelheit.«

»Okay, aber wir erzählen es dir während der Rückfahrt in die Stadt. Wir müssen nämlich in ein paar Minuten beim Bürgermeister erscheinen und ihm Bericht erstatten.«

18. Kapitel

Größere Probleme

Als sie sein Büro betraten, saß der Bürgermeister am Schreibtisch. Er lächelte freundlich zu ihnen auf, erhob sich und reichte Nate die Hand.

»Wer ist der junge Mann?«, fragte er.

»Ich bin ein Freund«, sagte Nate vage.

»Nun, wer ein Freund dieser drei Helden ist, der ist auch mein Freund«, entgegnete der Bürgermeister. »Wie lief es auf der Deponie?«

Sandy erklärte rasch, dass die Müllberge platt gewalzt und vergraben worden waren.

»An einem einzigen Tag?«

»Innerhalb einer Stunde«, sagte Richie.

Bürgermeister Douglas klatschte in die Hände. »Erst die Reinigungsaktion in Belltown, dann die Fähre und nun das!«

»Ich glaube, eine üble Gang sind wir auch losgeworden«, fügte Richie hinzu, doch Lilli bedeutete ihm schnell, nichts weiter darüber zu erzählen.

»Ich habe Berichte über euch drei verbreitet«, fuhr der Bürgermeister fort. »Das Internet ist voll davon. Ihr seid wahre Streiter für Ruhe und Ordnung.«

»Vielen Dank, Sir«, sagte Sandy stolz, aber Lilli warf Nate einen schuldbewussten Blick zu.

Nate runzelte die Stirn. »Wir tun dies nicht, um bekannt zu werden«, erklärte er. »Genau genommen soll niemand von unserer Existenz wissen.«

»Keine Sorge, junger Mann, es gibt keine Fotos von deinen Freunden«, versicherte ihm der Bürgermeister. »Und ihre Namen haben wir auch nicht genannt.«

»Ich habe eine Geheimidentität, die Sie gerne verwenden können«, warf Richie ein.

»Wirklich?«

»Wovon sprichst du?«, fragte Nate.

»Von Captain Chaos!«

»Oh-ho!«, rief der Bürgermeister aus. »Das würde sich in den Medien hervorragend machen.«

»Wir *möchten* uns in den Medien nicht hervorragend machen!«, erinnerte Nate Richie ernst.

»Nun, Name hin oder her, Seattle hat Inspiration und Heldentaten benötigt, und ihr habt der Stadt beides gegeben«, sagte der Bürgermeister.

»Captain Chaos steht immer zu Diensten!«, sagte Richie.

»Vor fünf Minuten warst du noch Captain Niemand«, blaffte Nate.

»Hey, was soll das? Du bist doch nicht mein Boss oder so«, entgegnete Richie.

»Doch, in gewisser Weise schon«, sagte Nate. »Ich allein

war für das Haus zuständig, bevor ihr beiden Rumtreiber reinspaziert kamt wie in eine Jugendherberge.«

»Du hast uns dazu aufgefordert«, protestierte Richie, aber Nate war wütend.

»Nichts von alledem war für die Öffentlichkeit bestimmt!« Er schlug mit der Faust auf den Schreibtisch des Bürgermeisters. »Ich setze diesem Unfug hiermit ein Ende. Keine Jacken mehr mit dem Stadtlogo drauf. Keine weiteren Pressemitteilungen. Und keine Missionen mehr!«

»Aber es war das erste Mal, dass die Behörden etwas gut fanden, was ich getan habe«, jammerte Richie. »Ich bin jetzt Teil des Establishments.«

»Vergiss es, ›Captain Chaos‹. Wir arbeiten nicht für irgendwelche Politiker.« Nate sah den Bürgermeister an. »Ist nicht persönlich gemeint.«

Sandy meldete sich zu Wort. »Okay, jetzt beruhigen wir uns alle mal und und hören uns an, was der Bürgermeister zu sagen hat.«

»Ich möchte ja nicht undankbar klingen«, sagte Bürgermeister Douglas und wurde plötzlich ernst, »aber vielleicht hat euer Freund recht. Wie gesagt, was ihr geleistet habt, war äußerst wichtig für die Stadt, und wir sind euch sehr dankbar. Aber jetzt gibt es größere Probleme.«

»Noch größere?«, fragte Sandy. »Aber wir haben doch schon die Bücher gerettet.«

Lilli nickte. »Und die Kunstwerke.«

»Und ein paar Menschen auch«, fügte Richie hinzu.

Bürgermeister Douglas atmete tief durch. »Die beiden Hängebrücken am Lake Washington wurden versenkt. Über hundert Autos sind ins Wasser gestürzt.«

Die Freunde rissen die Augen auf.

»Und jetzt überschwemmt das Wasser die Stadt«, fügte er an.

Nate spitzte die Ohren. »Wasser?«

»Die Elliot Bay hat bereits die Hafenanlagen überspült und dringt langsam in die Stadt vor. Das Wasser flutet an Land wie ein Zeitlupen-Tsunami, als zöge es jemand an.« Er warf ihnen einen traurigen Blick zu. »Ihr habt großartige Dinge vollbracht, aber ich glaube, dieses Problem liegt jenseits eurer Fähigkeiten.«

Nate schluckte schwer. Der Wasserdämon war nicht verschwunden. Er war noch da und kam an Land, um ihn zu jagen.

Celia Strange, die stellvertretende Bürgermeisterin, platzte ins Büro. »Bürgermeister!«, rief sie. »Im Baseballstadion ist etwas Sonderbares im Gange!«

»Im Safeco-Field-Stadion? Wurde das nicht geschlossen?«

»Ja. Aber wir haben fünf Arbeiter der Stadtwerke hineingeschickt, um den blauen Funkenregen zu untersuchen, der aus dem Dach herausschießt, und die Arbeiter sind nicht zurückgekehrt. Neue Leute können wir wegen des steigenden Wasserpegels und wegen eines Gewittersturms *im* Stadion nicht hinschicken.«

»Sparky«, murmelte Nate. »Der dämonische Funke.«

Celia Strange riss die Arme in die Höhe. »Erst das Wasser und jetzt das. Wenn die Nachrichtenagenturen das erfahren, wird die Bevölkerung glauben, die Dinge würden uns wieder entgleiten.«

»So ist es doch auch«, sagte der Bürgermeister.

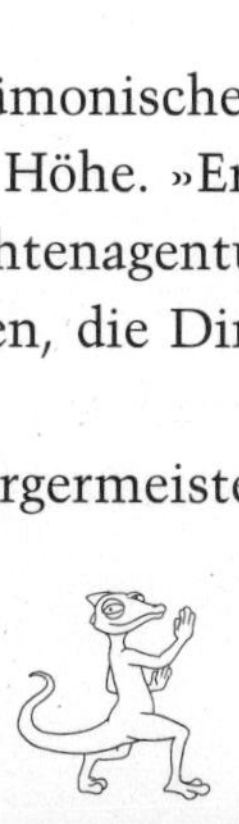

»Aber die Leute werden uns die Schuld dafür geben! Ihre Umfragewerte sind in den letzten zwei Stunden allein wegen der Überschwemmungen um zehn Prozent gesunken. Wenn das so weitergeht, verlieren wir mit Sicherheit unser Amt!«

»Was schlagen Sie also vor?«

»Irgendetwas! Alles! Können wir Ihre Superkids nicht noch einmal einsetzen, um ein paar positive Schlagzeilen zu produzieren?«

»Nein«, sagte Bürgermeister Douglas. »Sie haben schon genug für uns getan. Ihre Aktionen haben sich in der Öffentlichkeit bestens gemacht und uns klasse Schlagzeilen beschert. Aber gegen eine Flutkatastrophe können sie nichts ausrichten. Und ich kann nicht zulassen, dass ihnen womöglich etwas zustößt.«

»Vielleicht würde man sie als Märtyrer verehren«, sagte die stellvertretende Bürgermeisterin.

»Wie bitte?«, empörte sich Lilli. »Ich möchte aber keine Märtyrerin sein!«

Nate überlegte hin und her, seine Gefühle waren so aufgewühlt wie das Meer, das er so fürchtete.

»Wir tun es«, sagte er schließlich.

»Was tut ihr?«

»Wir kämpfen gegen die Fluten und gegen den blauen Funkenregen. Aber nicht für Sie und Ihre Umfragewerte, sondern zum Wohle der Stadt. Ich kann Ihnen nicht verraten, warum, aber für all das bin letztlich ich verantwortlich, schon seit ich ein kleiner Junge war.«

»Gegen sie *kämpfen*?«, fragte der Bürgermeister verwirrt.

»Er meint, die Dinge wieder in Ordnung zu bringen«, erklärte Sandy rasch.

»Ich weiß nicht«, sagte der Bürgermeister. Er ging auf und ab. »Wenn wir den Einsatz von Kindern propagieren und etwas geht schief, dann wird die Öffentlichkeit meinen Rücktritt fordern.«

Richie schüttelte den Kopf. »Hier ist etwas echt Schlimmes im Gange, Herr Bürgermeister. Und falls Sie uns nicht schleunigst an die Front schicken, dann sind Sie bald der Bürgermeister von Atlantis und nicht von Seattle.«

»Schicken Sie sie raus«, sagte Celia Strange plötzlich. »Wir müssen uns um drängendere Angelegenheiten kümmern.«

Der Bürgermeister nickte. »Tut mir leid, Kinder.« Er winkte den vieren zum Abschied zu und deutete auf die Tür, dann ging er ans Telefon, das inzwischen wie verrückt klingelte.

Nate bedeutete seinen Freunden, mit ihm hinauszugehen. Celia Strange eskortierte sie in den Warteraum, wo sie sich vor ihnen aufbaute wie eine verbiesterte Klassenlehrerin.

»Okay, ihr kleinen Monster«, zischte sie mit zuckender Oberlippe. Ihr rechtes Auge trat hervor, während sie sprach, und ihre Nasenflügel bebten. »Wenn ihr unbedingt versuchen müsst, euch umzubringen, dann nur zu. Der Bürgermeister wird es erst erfahren, wenn ihr schon dabei seid. Aber vergesst nicht, falls ihr die Sache vermasselt, ist er seinen Job los. Und ich meinen. Das würde mich sehr wütend machen. Und mir zu begegnen, wenn ich wütend bin, ist keine gute Idee, glaubt mir.«

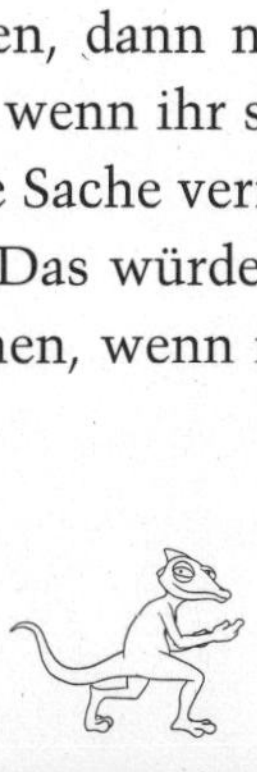

Als er ihr verzerrtes Gesicht sah, verspürte Nate nicht die geringste Lust, der Frau *überhaupt* jemals wieder zu begegnen. Aber sie hatte recht. Sie würden auch ohne die Erlaubnis des Bürgermeisters gegen Sparky und den Wasserdämon kämpfen. Davon konnte er sie nicht abhalten.

19. Kapitel

Wasser, überall Wasser

Während Nate das Boot, das er sich von den Bewohnern der Plastikinsel geliehen hatte, durch den Puget-Sund steuerte, erhob sich Richie neben ihm und blickte über die Windschutzscheibe zur Küstenlinie von Seattles Innenstadt.

Nate runzelte die Stirn. »Selbst von hier aus spüre ich das Chaos«, sagte er. »Die Stadt quillt über davon. Oder die Bucht. Ich kann gar nicht sagen, wo mehr Chaos ist.«

»Heiliger Strohsack«, hauchte Richie. Sein übliches Lächeln erlosch, und er deutete nach vorn. Sie näherten sich der Stadt, und als mehr und mehr Gebäude in Sicht kamen, erstarrten sie. Die Küstenlinie sah seltsam und verkehrt aus.

»Wo sind die Kais?«, fragte Nate plötzlich.

»Unter Wasser«, sagte Richie.

Entlang des Hafenviertels schwappten Wellen an die hohen Fenster im ersten Stock der Geschäfte. Im Süden erkannte man noch die oberen Hälften der Lastkräne, die die Fracht von den Schiffen hoben, aber ihre Stützpfeiler ver-

schwanden im Wasser – die Docks, auf denen sie standen, waren überflutet. Wasser strömte über die Leitplanken der Hochstraße entlang der Küste, so dass es aussah, als würde eine unfassbar lange Brücke von einem Ende der Innenstadt zum anderen führen. Mindestens drei Gebäude waren bereits vom heranflutenden Meer unterspült worden.

»Das ist alles meine Schuld«, stöhnte Nate.

»Ein Mensch kann so etwas nicht anrichten«, widersprach Richie. »Selbst du nicht. Das ist ein Tsunami oder eine blitzartige Erderwärmung oder ...«

»Oder flüssiges Chaos«, unterbrach ihn Nate. »Und es wird immer stärker.«

Das Boot tuckerte an den unbesetzten Kränen und überfluteten Hafengebäuden vorbei, die man unter Wasser erkennen konnte – sie sahen aus wie seltsame Unterwassergeister. Überall trieben riesige Kisten und Trümmerteile von den Werften und wurden von den Fluten landeinwärts getragen.

»Was haben wir eigentlich vor?«, fragte Richie.

»Dort.« Nate deutete in die Richtung, in die das Wasser durch die Straßen floss. »Es strömt zum Baseballstadion«, sagte er. »Zum Safeco-Field-Stadion, wo Lilli und Sandy sind.«

Sie sahen sprühende blaue Funken vom ausfahrbaren Dach der Sportstätte herabregnen. Die Funken knisterten wie Gewitterblitze und waren selbst noch in der Bucht zu hören.

»Wasser und Elektrizität«, sagte Nate. »Eine tödliche Kombination. Ich setze dich gern auf dem nächsten Flecken Land ab, den wir entdecken, falls du aussteigen möchtest.«

»Nein, ich bleib bei dir«, sagte Richie. Aber er packte das Armaturenbrett und hielt sich daran fest, die Augen vor Furcht geweitet. »Hast du ein Radio an Bord?«, fragte er beklommen.

»Sicher.«

Nate schaltete es ein. Alle Meldungen drehten sich um die Überschwemmungen. Über das Baseballstadion hörte man nichts. Die Menschen räumten fieberhaft die Museen, Wohnungen und Geschäfte leer, um zu retten, was vor den Fluten noch zu retten war, und verließen zügig die Innenstadt. Entlang der Küste hörte Nate zahllose Sirenen.

Er sah Richie an, während der Radiosprecher weitere Einzelheiten über das grauenvolle Chaos in der Stadt berichtete.

»*Ich* habe das angerichtet«, wiederholte Nate und schaltete das Radio aus.

»Vielleicht, aber du hast es nicht mit Absicht getan«, versuchte Richie ihn zu trösten.

»Nicht mit Absicht?« Nate seufzte. »Es ist doch völlig egal, was meine Absicht war. *Ich habe die Massenfreilassung der Dämonen beschlossen.* Das allein hat schon genug Schaden angerichtet. Aber darüber hinaus hat es den Wasserdämon hergelockt, einen skrupellosen Killer. Sieh dich doch um. In den nächsten paar Stunden wird wegen meiner bescheuerten Entscheidung die ganze Stadt zerstört werden. Ende der Geschichte.«

»Noch ist sie nicht zu Ende«, sagte Richie. »Wir haben ein Boot, zwei Hüter – drei, wenn man Lilli mitzählt – und zwei loyale, todesmutige Hilfsdämonen.«

Nik und Pernikus standen mit stolzgeschwellter Brust

wie Kühlergrillfiguren auf dem Bug. Dann erbrach sich Nik, und Pernikus prustete lauthals los.

»Hah-hah-hah-hah-hah!«

Nate seufzte und schüttelte den Kopf. »Der Bürgermeister hatte recht. Die Sache ist zu groß für uns. Der Wasserdämon hat mich zweimal fast umgebracht.«

»Auf der Fähre haben Lilli und ich ihn besiegt«, sagte Richie.

Nate hielt inne und neigte den Kopf zur Seite. »Das ist nicht ganz falsch. Ihr habt ihn *wirklich* verjagt. Erklär mir noch mal, wie ihr das geschafft habt.«

»Ich weiß nicht«, erwiderte Richie. »Wie gesagt, wir haben gegen ihn gekämpft, dann kam Flappy ins Spiel und hat sich wie ein wild gewordener Stier auf den Plansch gestürzt.«

»Wie damals, als ich noch klein war«, sagte Nate und erinnerte sich, wie Flappy gewütet hatte, während der Wasserdämon das Boot seiner Eltern gegen die Felsen schleuderte.

»Flappy ist bei Lilli und Sandy«, rief Nate Richie ins Gedächtnis. »Was können wir noch aufbieten?«

Richie zuckte mit den Schultern. »Keine Ahnung. Ein gutes Boot und eine knallharte Einstellung?«

Nate grinste seinen Partner an. »Bist du bereit, im Kampf zu sterben?«

Richie nickte. »Wenn's sein muss.«

Sie klatschten sich entschlossen ab, dann steuerte Nate das Boot in Richtung Safeco-Field-Stadion, immer dem Wasser nach, das vor ihnen in die Innenstadt flutete.

20. Kapitel

Im Stadion

Lilli steuerte den Abschleppwagen zwischen den vielen Autos hindurch, die überall kreuz und quer auf den verlassenen Straßen standen; den meisten wich sie aus, andere rammte sie einfach zur Seite. Sie und Sandy fuhren am Stadtzentrum vorbei nach Süden und konnten, sobald sie die Wolkenkratzer hinter sich gelassen hatten, über das Industriegebiet hinweg zu den bereits überschwemmten Schiffswerften blicken. Die Fluten kamen durch die Straßen in die Innenstadt gekrochen und stiegen hinter dem Hafenviertel schon an den ersten hohen Gebäuden empor. Auch Seattles zwei Stadien konnten die Mädchen sehen.

»Da ist es, das Safeco-Field-Stadion.« Vom Beifahrersitz aus deutete Sandy nach vorn.

Während sie hinschauten, schossen riesige, laut knisternde blaue Lichtbögen zwischen den Trägern des ausfahrbaren Daches heraus.

Lilli warf Sandy einen furchtsamen Seitenblick zu. »Ich

bin mir nicht sicher, ob wir da wirklich reingehen sollen«, sagte sie. »Die Sache ist mir nicht geheuer.«

»Gefällt es dir nicht, ein Held zu sein?«, entgegnete Sandy.

Lilli schüttelte den Kopf. »Was der Bürgermeister gesagt hat, war eindeutig: Von den fünf Arbeitern, die sie reingeschickt haben, ist keiner zurückgekehrt.«

»Aber das waren keine Dämonenhüter«, sagte Sandy.

»Du bist auch keiner«, erwiderte Lilli.

Sandy runzelte die Stirn. »Es kann sein, dass die Arbeiter dringend Hilfe benötigen. Wir sehen uns dort einfach mal um. Hauptsache, wir sind verschwunden, ehe das Wasser kommt.«

»Ich kann ja auf dem Parkplatz warten, während du reingehst«, schlug Lilli vor.

»Dies ist die Gelegenheit, etwas wirklich Wichtiges zu leisten«, sagte Sandy. »Hier geht es um mehr als die Beseitigung von Müll oder Graffiti.« Sandy suchte Lillis Blick und sah sie durchdringend an.

Es fiel Lilli schwer, anderen Menschen ihre Hilfe zu verweigern, ganz gleich, in welche Gefahr sie sich dabei begab. Ihre Entscheidungen basierten nicht auf Logik. Ihr ganzes Leben bestand aus einer Aneinanderreihung impulsiver Entscheidungen. Wenn ihr etwas richtig vorkam, dann tat sie es eben. Graffiti einzusammeln erschien ihr richtig. Müll zu bekämpfen auch. Die Sache mit dem Stadium dagegen kam ihr weder richtig noch falsch vor … es war einfach etwas Unbekanntes. Und das Unbekannte war furchteinflößend. Sie verlangsamte den Abschleppwagen, als sie die Einfahrt zum Stadionparkplatz erreichten.

»Wie entscheidest du dich?«, fragte Sandy. »Ich gehe nur rein, wenn du mitkommst.«

Lilli atmete tief durch. »Na gut, ich begleite dich. Aber nur kurz, okay?«

Lilli und Sandy gingen auf das Stadion zu, blickten mit großen Augen um sich. Dann schauten sie durch das Eingangstor und... sahen nichts. Sie betraten das Stadiongelände. Wenig später entdeckten sie die ersten beiden bewusstlosen Arbeiter, die sich noch am Metallgeländer des Aufgangs zum zweiten Rang festhielten. Anschließend debattierten Lilli und Sandy, ob sie nun wieder kehrtmachen sollten, wobei Lilli diejenige war, die sofort gehen wollte. Aber was auch immer den Arbeitern das Bewusstsein geraubt hatte, war nicht mehr in der Nähe des Aufgangs, deshalb konnte Sandy Lilli überreden, sich noch ein bisschen umzuschauen.

Die drei anderen Arbeiter lagen auf dem zweiten Rang. Für Lilli sah es so aus, als hätten auch sie sich davor ans Treppengeländer gelehnt. Zwei von ihnen zeigten noch mit erstarrten Armen in die Luft. Ihre erschlafften Körper lagen mitten auf dem umlaufenden Gang.

»Mein Gott«, sagte Sandy leise.

»Wir müssen sofort verschwinden«, sagte Lilli zum dritten Mal.

»Aber was ist hier geschehen?«, fragte Sandy.

»Sieht so aus, als wären alle gleichzeitig umgekippt.«

»Sie haben aufs Spielfeld geblickt«, fügte Sandy hinzu.

»Aber derjenige, der sie ausgeknockt hat, war nicht dort unten.«

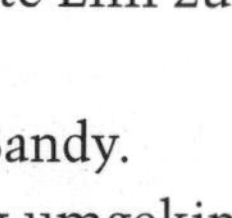

»Nein. Er oder es war überall«, sagte Sandy und überlegte angestrengt.

»Wie kann es denn überall gewesen sein?«

»Nicht das Geländer anfassen!«, rief Sandy unvermittelt und packte Lilli bei den Schultern, dann deutete sie auf die blauen Funken auf dem Metalldach. »Unser kleiner Sparky ist erwachsen geworden.«

Lilli kannte den kleinen Kerl. Sparky, der dämonische Funke. Er manifestierte sich mitten im Haus als schwacher Stromschlag oder blitzte durch Steckdosen und Lichtschalter. Er war nie besonders gefährlich gewesen. Nun aber, da er ungehindert durch die Stadt hatte ziehen können, war er groß und tödlich geworden. In der massiven Metallkonstruktion des Stadions hatte er ein Zuhause gefunden, wo er seine Kraft ins Unermessliche steigern konnte.

»Die Arbeiter haben einen Stromschlag bekommen«, sagte Sandy. »Sie müssen hinausgetragen und wiederbelebt werden.«

»Die armen Burschen haben Glück, dass sie noch am Leben sind«, murmelte Lilli.

»Unsere Aufgabe hier ist simpel«, erklärte Sandy.

»Wir verschwinden?«, sagte Lilli hoffnungsvoll.

»Ja. Und wir schicken Sanitäter her. Wir müssen ihnen nur einschärfen, auf keinen Fall die Geländer oder andere Metallteile zu berühren.«

Dem hatte Lilli nichts hinzuzufügen. Die Mädchen gingen zum Ausgang, wandten sich zur Treppe um und blickten aus dem Stadion. Was sie dort sahen, ließ Lilli erschrocken aufkeuchen, und diesmal tat Sandy es ihr nach.

Hohe Wellen schwappten an die Stadionmauer und krochen bereits den Aufgang hoch. Die Straßen der Stadt waren verschwunden, überspült von den heranrückenden Wassermassen. Die Wolkenkratzer nördlich des Stadions waren noch zu erkennen, aber nur als Ansammlung hoher, rechteckiger Inseln inmitten der sich ausbreitenden Fluten. Das Seattle, das darunter lag, war verschwunden, der Abschleppwagen auch.

»Wir sitzen in der Falle!«, rief Lilli.

Das Wasser stieg vor ihren Augen. Es kam aus allen Richtungen auf sie zu, umspülte das Stadion, suchte nach Eingängen.

»Es kommt her«, sagte Sandy. »Rein ins Stadion.«

»Das ist der Plansch«, sagte Lilli. Sie mutmaßte nicht und war auch nicht paranoid. Sie konnte den Dämon *spüren*.

Sandy stöhnte. »Hat er es auf *uns* abgesehen?«

»Keine Ahnung. Vielleicht.«

»Wenn, dann ist er hinter *dir* her. Ich bin ja nicht diejenige, die ihm eins ausgewischt hat.«

»Ich glaube nicht, dass der Ozean in solchen Kategorien denkt«, murmelte Lilli.

»Lass uns zum höchsten Punkt gehen.«

Sie wandten sich um, eilten zu den bewusstlosen Arbeitern zurück und begannen, sie über die Betonstufen zur höchstgelegenen Sitzreihe zu schleifen. Lilli starrte auf die überflutete Stadt, wollte sich gerade an eine Metallabsperrung lehnen. Sandy packte ihr T-Shirt und riss sie zurück.

»Was tust du?«, beschwerte sich Lilli.

»Schau her«, entgegnete Sandy. Sie zog eine Büroklammer aus der Tasche. »Geh ein Stück zurück.«

Sandy schnippte die Büroklammer an die Absperrung, und sogleich blitzte ein helles blaues Licht auf. Die Büroklammer tanzte in der Luft, dann fiel sie geschwärzt und qualmend zu Boden.

Lilli traute ihren Augen nicht. »Sparky! Du kleiner Mistkerl!«

»Siehst du«, sagte Sandy. »Genau das hatte ich vermutet. Er steckt hier im Metall drin, und er ist auch nicht mehr klein. Er ist tausendmal größer als an dem Tag, als er meinen Laptop durchschmoren ließ. Er hat den Arbeitern einen Stromschlag versetzt, als sie sich ans Geländer gelehnt haben. Vermutlich haben sie nicht damit gerechnet, dass das Problem, das sie untersuchten, im Stadion selbst drinsteckt.«

Lilli blickte um sich. Die Metallgeländer verliefen kilometerweit durchs gesamte Stadion. Zehntausende von Sitzen hatten Metallbeine. Und das riesige ausfahrbare Metalldach, das im Moment das halbe Spielfeld verdeckte, bot dem elektrischen Dämon zahllose Fluchtwege und Rückzugsorte. Sie sah ihn nun ganz deutlich – ein bläuliches Glühen, das durch die Metallteile des Stadions strömte.

»Schau!«, sagte Sandy.

Der Plansch war hereingelangt. Er hatte das Spielfeld überflutet und die unterste Sitzreihe erreicht.

An den Stellen, wo das Wasser die Metallbeine der Sitze umspülte, eruptierte eine gewaltige Funkenexplosion.

»Woah!«, riefen beide Mädchen wie aus einem Mund.

Das blaue Glühen zog sich schnell aus der untersten Sitzreihe zurück und sprang zur nächsten Reihe über. Der Plansch folgte ihm, stieg zur zweiten Sitzreihe an. Sparky kreiste nervös durch das Stadion, raste durch die Geländer und sprang von Sitz zu Sitz.

»Sie sind aufeinandergeprallt!«, rief Sandy.

»Sie kämpfen gegeneinander«, verbesserte sie Lilli.

Sandy nickte.

»Der Plansch ist nicht hinter mir her«, fuhr Lilli fort. »Er hat es auf Sparky abgesehen.«

»Elektrizität ... natürlich! Sie ist auch eine Art Element. Sie bekämpfen sich ...«

Die Mädchen beobachteten, wie der Plansch im ersten Rang hin und her wogte, während sie die Arbeiter schnell zum zweiten Rang hinaufschleiften. Sparky war außer Reichweite, aber das Wasser stieg weiter. Die Trainerbänke waren längst überspült, die Fangzäune verschwunden. Bald erreichte der Plansch die zwanzigste Sitzreihe und riss die fahrbaren Verkaufsstände um, die nun zur Mitte des überspülten Spielfelds hinaustrieben.

»Der Plansch ist der Stärkere«, sagte Sandy und half Lilli, den letzten Arbeiter zur höchsten sicheren Stelle hinaufzuschleppen, die sie finden konnten. »Er könnte Sparky ertränken und ihn vollständig entladen.«

Der elektrische Dämon setzte seinen Rückzug in den höheren Stadionbereich fort, aber der Plansch ließ nicht locker, stieg unvermindert an. Trotzdem würde es noch eine Weile dauern, bis er den zweiten Rang erreichte. Erschöpft blickte Lilli auf das Knäuel verrenkter Leiber hinab, die sie auf den Betonstufen aufgestapelt hatten. Die Arbeiter atmeten, waren aber weiterhin bewusstlos.

»Was sollen wir mit ihnen tun?«

»Wir können nichts mehr tun«, sagte Sandy.

»Vielleicht lässt der Plansch uns ja gehen, falls er Sparky erwischt«, sagte Lilli hoffnungsvoll.

In dem Moment schlug draußen eine Riesenwelle an die Stadionmauer und erschütterte es in seinen Grundfesten.

»Wohl kaum«, sagte Sandy.

Plötzlich schoss ein weißer Blitz aus den Dachträgern in die wogenden Wassermassen hinab, gefolgt von einem donnernden *Bumm*.

»Hey, Sparky schlägt zurück!«, rief Lilli.

»Er kann nicht gewinnen«, sagte Sandy.

»Wie lautet also unser Plan?«, fragte Lilli. Die beiden Mädchen sahen sich an. Das Wasser schwappte in den umlaufenden Gang oberhalb des ersten Ranges, spülte Hot-Dog-Brötchen und Fanartikel der Mariners fort; in wenigen Sekunden würde es den zweiten Rang erreichen.

»Wir haben keinen Plan«, gestand Sandy. »Was ist mit Zoot?«

»Er hasst Wasser. Es verdünnt ihn. Er wird nicht aus der Knobelbox rauskommen.«

Ein weiterer Blitz fuhr aus den Dachträgern ins Wasser hinab, gefolgt von einem weiteren ohrenbetäubenden *Bumm*.

»Dann bleibt noch Flappy«, sagte Sandy.

Lilli schüttelte den Kopf. »Das letzte Mal hatten wir Glück. Er befand sich innerhalb der Grenzen das Fährdecks. Falls wir ihn hier im Freien herausließen, würde ihn nichts daran hindern, zu gewaltiger Größe anzuwachsen und davonzuwehen, um noch größeren Schaden anzurichten. Er wird einfach zu wild, und zwei Naturgewalten auf einmal sind schlimmer als eine einzige.«

»Du bist doch eine Dämonenhüterin. Kannst du ihm nicht befehlen, was er tun soll?«

»Er ist Nates Gehilfe, nicht meiner. Es gibt keine Garantie, dass er tut, was ich sage. Außerdem befinden sich hier bereits zwei Elemente im Krieg, Wasser und Elektrizität. Falls man noch ein drittes hinzufügte, wären die Folgen unabsehbar.« Lilli knabberte an ihren Fingernägeln und schaute nervös um sich.

»Na ja, wir können auch einfach warten, bis wir ertrinken«, entgegnete Sandy. »Falls uns vorher kein Stromstoß tötet. Kann es wirklich noch schlimmer werden?« Sandy zog die Knobelbox aus ihrem Rucksack und begann am Deckel herumzufummeln.

»Warte«, sagte Lilli.

»Wir haben keine andere Wahl!«

»Gib her!« Lilli griff nach dem Kästchen und stieß es Sandy dabei aus den Händen. Es fiel auf die Betonstufen, und die beiden krochen darauf zu.

»Nichts aus Metall berühren!«, rief Sandy, während die Knobelbox an die Absperrung rutschte.

Ein scharfes Knistern durchschnitt die Luft. Die Mädchen hörten auf, miteinander zu ringen, und blickten auf. Die Absperrung glühte einen Moment lang blau, dann wurde die metallene Knobelbox in einem sprühenden Funkenregen zurückgeschleudert.

»Zoot!«, rief Lilli.

Sie packte das geschwärzte Kästchen, aber es war zu heiß. Sie ließ es los, und es fiel die Stufen hinunter ins Wasser, das inzwischen bis zum dritten Rang stand. Als es so unvermittelt mit dem kühlen Nass in Berührung kam,

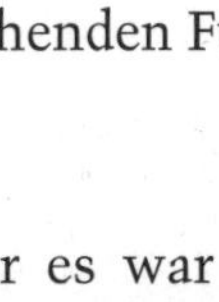

wurde die glühende Oberfläche der Knobelbox brüchig und brach dann auf.

Vom gewaltigen Druck in der Box zusammengequetscht, schnellte Flappy in einer Wasserexplosion heraus. Jetzt löste der Plansch seine Aufmerksamkeit von Sparky und schickte dem Winddämon eine brodelnde Fontäne hinterher, aber Flappy schlug wie verrückt mit den Flügeln und stieg schnell auf, breitete sich aus. Sobald er groß und hoch genug war, fuhr er herum und zerlegte den Wasserturm hinter ihm mit einer Folge teuflischer Windstöße.

Der Plansch schwappte wütend zurück.

Auf der anderen Spielfeldseite fluteten die Wassermassen über die niedrigere Stadionmauer und verbanden das überschwemmte Seattle draußen mit den ansteigenden Fluten im Innern.

Lilli rannte die Stufen hinunter und griff ins Wasser, um die Knobelbox herauszufischen. Der Plansch umspülte eiskalt ihre Haut. Es war eigenartig, in den riesigen Dämon hineinzufassen. Er fühlte sich nicht so wild oder ungezähmt an, wie sie erwartet hätte. Er war kühl und teilnahmslos, ja fast beruhigend und einladend, während er sich an ihren Ellbogen und Schienbeinen rieb wie ein gigantischer Hund. Sie tastete nach der Knobelbox, langte immer tiefer ins Wasser. Als sie sie zu fassen bekam, stand sie bis zu den Knien in den Fluten, den ganzen Arm im Wasser.

Die Welle schwappte lautlos von der Seite heran und spülte sie mühelos von den Stufen, so wie das Meer Treibgut vom Strand spült. Und plötzlich schwamm Lilli um ihr Leben.

Mit einer Hand umfasste sie die Knobelbox und versuchte sich mit der anderen über Wasser zu halten, während die Strömung sie an den Sitzreihen vorbei zur Stadionmitte trieb. Um sie herum zuckten Blitze, und der nachfolgende Donner übertönte ihre Hilferufe.

21. *Kapitel*

Elementares Chaos

Nate und Richie starrten über die Backbordseite des Boots auf Südseattle.

»Das Wasser sammelt sich«, sagte Richie und deutete in die Ferne.

»Wasser sollte sich nicht sammeln«, entgegnete Nate. »Es findet den niedrigsten Punkt und breitet sich von dort gleichmäßig aus.«

Nik und Pernikus kletterten am Bug herum, glotzten aus jedem Blickwinkel auf ihre überschwemmte Stadt. Ein bisschen Chaos fanden sie ja gut. Genau genommen genossen sie es sogar. Aber der umwälzende Wahnsinn, der sich vor ihren Augen ausbreitete, erschütterte selbst ihre dämonischen Seelen. Auch Kail war erschüttert – Nate konnte es spüren. Der Spalterdämon hatte reglos in einem Riss im hölzernen Bootsrumpf gekauert. Aber nun ließ Kails schlotternde Angst vor dem Wasserdämon das ganze Gefährt erzittern. Die Stadt war überflutet. Die Menschen geflohen. Die Tausenden von Dämonen, die Nate freigelassen hatte, waren ertrunken oder fortgespült worden oder hatten ebenfalls die Flucht ergriffen.

Vor ihnen im Safeco-Field-Stadion flammte ein Licht auf, gefolgt von gedämpftem Donner.

»Ein Blitzschlag«, sagte Nate. Er spürte ihn genauso, wie er ihn sah und hörte.

»Das kann kein Blitz sein«, erwiderte Richie. »Es kam aus dem *Innern* des Stadions.«

»Sparky«, murmelte Nate.

Während sie über die Werften hinwegfuhren, erhob sich ein weiteres Geräusch aus dem Stadion. Ein heulender Wind.

»Das Geräusch kenne ich auch!«, rief Nate. »Es ist Flappy!«

Er schob den Gashebel nach vorn und riss das Steuerrad herum, beschleunigte das Boot auf Höchstgeschwindigkeit und hielt direkt auf das Safeco-Field-Stadion zu.

Das Wasser war kühler, als Lilli erwartet hätte, und ihr Körper verkrampfte sich, als ihr die Kälte bis in die Knochen drang. Ihre nasse Kleidung wog schwer, zog sie hinab. Sie wurde hin und her geworfen wie eine Stoffpuppe in der Waschmaschine, aber die Knobelbox hielt sie fest umschlossen in der Hand, denn sie wusste, dass der kleine Kasten das Einzige war, womit die drei Elementardämonen sich vielleicht würden einfangen lassen. Während es sie herumwarf, erhaschte sie kurze Blicke vom Himmel und von den oberen Sitzreihen, die das Wasser noch nicht erreicht hatte. Sie hegte keinen Groll gegen Sandy, weil die ihr nicht half. Sandy konnte sie einfach nicht errei-

chen, und, offen gestanden, würde ihre Freundin vermutlich auch sterben.

Lilli fühlte sich mies. Sie war oft ziemlich gemein zu Sandy gewesen. Sie befand, dass sie vor allem wegen ihrer jämmerlichen Eifersucht und aus unbewusstem Neid auf Sandys geordnetes Leben so eklig gewesen war, und sie bereute ihre kindische Verbitterung. Aber etwas zu bedauern fiel einem leicht im Angesicht des Todes. Sie hätte früher damit anfangen sollen, dachte sie, als es noch gezählt hätte und sie sich hätte entschuldigen können.

Lilli glaubte, irgendwo oberhalb der Werferplatte im Wasser zu treiben, ein gutes Stück vom dritten Rang entfernt, wo Sandy wahrscheinlich bei den bewusstlosen Arbeitern ausharrte und darauf wartete, selbst fortgeschwemmt zu werden. Der Plansch war ein großer Dämon, der größte, den sie je gesehen hatte. Und als Elementardämon war er so alt wie die Erde selbst. *Wir spielen einfach nicht in seiner Liga,* dachte sie.

Lilli dachte über ihr junges Leben nach, während ihre Arme und Beine allmählich zu müde wurden, um sich noch länger über Wasser zu halten. Letztlich freute es sie, die Dinge im Leben überwiegend positiv betrachtet zu haben, aber nun war der Himmel über Seattle nur noch bleiern, das wirbelnde Wasser war schwarz und die Lichtblitze von sterilem Weiß. Sie schloss die Augen und träumte von bunten Farben, als das Wasser sie verschluckte und alles auslöschte.

Das Versorgungsboot schoss über die niedrige Mauer an der Stadionnordseite hinweg und sauste mit gebührendem

Sicherheitsabstand zwischen den hohen Flutlichtmasten und dem Safeco-Field-Schild aufs Spielfeld. Klugerweise wich Nate auch den elektrifizierten gelben Foul-Metallstangen aus, weil er instinktiv die Gefahr spürte, die von ihnen ausging.

»Sparky ist auf jeden Fall hier, und er ist riesig geworden«, rief er Richie zu. »Flappy schwirrt hier auch irgendwo herum.«

Im nächsten Moment spürte Nate die beiden Dämonen; seine hellwachen Dämonenhütersinne waren in höchster Alarmbereitschaft. Aber da war noch ein anderes Wesen, eines, das noch größer war. Viel größer. Er erkannte es ohne jeden Zweifel, sowohl aus seiner fernen Vergangenheit als auch von ihrer jüngsten Begegnung auf dem Ozean, und er hatte das Gefühl, dass der Dämon auch ihn erkannte.

»Der Plansch!«, sagte Richie und deutete auf den riesigen Wasserstrudel vor den nicht überdachten Tribünenplätzen. Nate nickte. Tatsächlich machte der Wasserdämon keinerlei Anstalten, sich zu verbergen.

Während sie über das überflutete Spielfeld fuhren, schoss ein greller Blitz vom Dach auf sie herab. Ehe er Nate oder Richie treffen konnte, verbog sich der metallene Flaggenmast des Boots und fing den Blitz ab. Der Mast brummte elektrisch, und Nikolai, der am Fuße des Masts stand und ihn gekrümmt hatte, um den Blitz zu stoppen, leuchtete auf wie ein pelziges blaues Weihnachtslicht. Der Stromschlag war stark genug, um einen Elefanten zu töten. Nate streckte Nik die Hand entgegen, doch Richie schlug sie zur Seite, während der kleine Hilfsdämon vibrierte und einen elektrischen Hopstanz aufführte.

»Nicht!«, rief Richie. »Fass ihn nicht an!«

Pernikus sprang zu seinem Gefährten hinüber, aber es war zu spät. Nikolais Fell stand in Flammen.

»Er verbrennt!«, rief Nate.

»Wir brauchen Wasser, Mann!«, brüllte Richie. Er schob Nate zum Steuerrad zurück, damit der das Boot auf Kurs hielt, und schöpfte über die Bordwand hinweg einen Eimer voll Wasser aus den Fluten. Er kippte es dem brennenden Dämon über den Kopf, und Nik brach auf den Holzplanken zusammen, triefnass, verkokelt und reglos.

»Er ist tot!«, rief Nate.

»Reiß dich zusammen!«, brüllte Richie in Nates Ohr. »Hier geht's noch um das Leben anderer Leute.«

Nate blieb hinterm Steuerrad stehen, blickte aber funkelnd zu den Dachträgern empor.

»Sparky! Hör auf, bevor du noch jemanden umbringst!«, rief er.

Aber Nate wusste, dass der elektrische Dämon nicht auf ihn hören würde. Sie hatten nie eine enge Beziehung gehabt. Genau genommen hatte sich der heimtückische Funke, als sie zusammengewohnt hatten, immer wieder einen Spaß daraus gemacht, sich irgendwo zu verstecken und Nate aus heiterem Himmel einen Stromschlag zu verpassen. Wenn er ihm schon zu Hause nicht gehorcht hatte, dann würde er es hier im Freien erst recht nicht tun. Selbst wenn Sparky sich ergeben würde, Nate war nicht sicher, ob er ihm verzeihen könnte, was er gerade mit Nik gemacht hatte.

Das Boot rumpelte durch die wütenden Wellen, die kreuz und quer durch das Stadion wogten, gegeneinanderprallten und über dem Deck herabkrachten. Nate und Richie waren pitschnass. Die Kälte des Plansch drang ihnen bis in die Knochen. Aber als sie über die Werferplatte hinwegwogten, spürte Nate noch ein anderes verzweifeltes Gefühl, das nichts mit der Kälte zu tun hatte. Er wusste nicht, was es bedeutete oder woher es kam, aber plötzlich begann sein Herz zu rasen. Zuerst glaubte er, das Gefühl hätte mit Nikolais Stromschlag zu tun. Dann trat Richie zu ihm heran und packte seine Schulter.

»Ich fühl mich plötzlich, als müsste ich gleich kotzen!«, rief Richie. »Was hat das zu bedeuten?«

»Ich weiß es nicht!«, brüllte Nate gegen Wind und Wellen an. »Aber mir geht es genauso!«

Pernikus stand am Bug und deutete in die Tiefe.

»Was ist dort?«, rief Nate.

Im aufgewühlten Wasser war es schwer zu erkennen, aber als das Boot an der Stelle vorbeikam, auf die Pernikus deutete, erhaschte Nate einen kurzen Blick auf einen Batikstofffetzen.

»Lilli!«, brüllte er.

»Sandy!«, brüllte Richie im selben Moment und deutete auf die nicht überdachte Tribüne. Sandy kauerte auf der Betonstufe unterhalb der bewusstlosen Arbeiter, die sie und Lilli dort hinaufgeschleppt hatten, und die gierigen Wellen umspülten ihre Füße.

Unter dem Boot brodelten die wütenden Wassermassen, aber sie konnten in dem geschlossenen Stadion nicht genug Schwung entwickeln, um das Gefährt umzuwerfen. Unter dem Stadiondach sammelte Sparky sich für einen weiteren Blitzschlag. Und ringsum tobte Flappy, schleuderte Trümmer durch die Luft und verursachte so heftige Windstöße, dass Pernikus sich am Querbalken festklammern musste.

Das Wasser stand inzwischen so hoch, dass Nate aus dem Stadion auf Seattles Zentrum blicken konnte. Die Spitzen der Wolkenkratzer waren noch zu erkennen, aber der Rest war komplett überschwemmt. Er konnte es nicht fassen, mit welcher Kraft das Meer herangeflutet war. Es führte Krieg gegen die anderen Elemente, wollte den verteufelten elektrischen Dämon vernichten und schnaubte vor Wut ob des schwer fassbaren Windes. Es tötete gedankenlos Menschen, ohne jedes Mitgefühl, während es sein Ziel verfolgte, die anderen Elemente auszulöschen. Nate schauderte, als ihn eine Erkenntnis überkam – die Fluten, die Seattle zerstörten, waren dasselbe unaufhaltbare, herzlose Monster, das seine Eltern in den Tod gerissen hatte. Er hatte dem Wind die Schuld dafür gegeben. Er hatte Dhaliwahl die Schuld gegeben. In gewisser Weise hatte er sogar sich selbst die Schuld dafür gegeben. Aber letztlich war es die kalte See gewesen, die ihm die Eltern geraubt hatte. Er blickte himmelwärts zu seinem loyalen Freund und Gehilfen.

»Flappy! Es tut mir leid! Ich brauche deine Hilfe!«

Als nichts geschah, fragte sich Nate, ob sein Ruf in all dem Lärm untergegangen war oder ob Flappy ihn ignorierte. *Empfinden Dämonen Stolz?*, fragte er sich. Ließ Flappy ihn im Stich, genauso wie er Flappy im Stich gelassen hatte?

Nate besaß keine Superkräfte. Er war kein Zauberer. Seine einzige Fähigkeit bestand darin, das Chaos wahrzunehmen, vielleicht auch, es zu begreifen. Ringsum tobte der Sturm. Der Wind, die See und die Blitze, alle rangen sie um den Flecken Erde, den die Menschen Seattle nannten.

Erde…, dachte Nate.

»Fahr zur Tribüne!«, befahl er Richie, zerrte ihn ans Steuerrad und deutete auf Sandy. »Volle Kraft voraus!« Nate drückte schnell den Gashebel nach vorn und sprang vom Boot, mitten hinein ins Herz des Plansch.

Die Welt wurde still und kalt, als er mit entschlossenen Schwimmzügen in den Wasserdämon hinabstieß, die Augen weit aufgerissen, in alle Richtungen Ausschau haltend. Er versuchte zu spüren, wo Lilli war, doch er war umgeben von der schieren Essenz des monströsen Dämons. Nates ausgeprägtes Gespür wurde von dessen Leblosigkeit gedämpft. Sonderbarerweise konnte der Plansch Nate nicht angreifen, während der im Innern des Ungetüms war. Seine gewalttätigen Kräfte bestanden darin, Land zu überfluten und auf ahnungslose Opfer herabzukrachen. Nate dachte, dass er, wenn er unter Wasser atmen könnte, sich ewig im Bauch des Monsters würde treiben lassen können, ohne dabei zu Schaden zu kommen. Fast verleitete der Gedanke ihn, es einfach zu versuchen.

Aber dann sah er Lilli unter ihm im Wasser treiben, ihre wallende Kleidung flatternd wie eine Engelsrobe. Es riss ihn aus seiner Trance, und plötzlich meldete sich seine brüllende Lunge. Er konnte *nicht* unter Wasser atmen, und Lilli konnte es auch nicht.

Über ihm lag Richie rücklings auf dem Deck, umgeworfen, als Nate den Gashebel nach vorne geschoben hatte und das Boot unvermittelt vorangeschossen war. Anders als bei einem Auto verblieb der Hebel auch in dieser Position, wenn man ihn losließ. Und so raste das Boot führungslos weiter, als Nate von Bord sprang. Richie versuchte vergebens auf die Beine zu kommen. Das Boot sprang nach links, nach rechts, sprang auf und ab. Nik war verbrannt, lag reglos da. Übrig geblieben war nur Pernikus.

Der dämonische Unruhestifter packte das Steuerrad des Boots. Es war ihm unmöglich, es geradeaus zu fahren, selbst wenn er es gewollt hätte, was eindeutig nicht der Fall war. Vielmehr riss er es mit aller Kraft nach links herum, wodurch Richie quer über den Boden in den Passagiersitz geschleudert wurde. Das Boot raste im Kreis und wühlte den kleinen Bereich des Plansch zu weißem Schaum auf, sehr zu Pernikus' Vergnügen.

»Juchuhhhh!«

Der Plansch löste die Aufmerksamkeit von Sandy und den bewusstlosen Arbeitern, zog die Wassertentakel zurück und flutete die Tribüne hinunter, riss Hunderte von Sitzschalen heraus. Die daraus resultierende Woge schlug gegen die Bootsseite und schleuderte das Gefährt zwanzig Gänge weiter gegen die Tribune.

In der obersten Reihe brach ein Dutzend Sitze entzwei, als das Boot über die Tribüne pflügte, aber nicht zum Stillstand kam, ehe der Boden des Holzrumpfes auf den Beton traf, in dem die Sitze verankert waren. Mit einem ohrenbetäubenden Knirschen krachte der Bug gegen die Stadionstufen.

Kail, der erdverbundene Spalterdämon, schoss sofort aus dem zersplitterten Rumpf heraus und grub sich in das Stadion, raste durch die Stufen ins Fundament hinunter und geradewegs ins Erdreich unter dem überschwemmten

Spielfeld. Als Nate Kail gefangen hatte, hatte Sandy ihn gewarnt, dass direkt unter der Stadt eine große geologische Verwerfungslinie verlaufe. Daran hatte Nate sich erinnert, und Kail hatte die Verwerfung entdeckt.

Angestachelt vom Kampf der anderen Elementardämonen, erweckte Kail seine Kräfte zum Leben. Er raste durch die Erde in den massiven Fels hinein und verschob dadurch die unterirdischen Kontinentalplatten, worauf das ganze Stadion erbebte, während Kail die Welt unter dem Stadtzentrum auseinanderriss.

Richie, der bereits mit zahllosen blauen Flecken übersät war, flog gegen das Armaturenbrett. Sein Ellbogen verbog sich in einem unnatürlichen Winkel, und ein lautes *Knack* ertönte, als in seinem Unterarm die Elle brach. Pernikus flog ebenfalls durch die Luft. Er wurde durchs Fenster katapultiert und krachte gegen eine gigantische Brause-Werbetafel, wo er an der Oberlippe eines riesigen Gesichts in einem giftgrünen Schleimschwall explodierte.

Nachdem die beiden geringfügigen Ärgernisse außer Gefecht waren, entfernte der Plansch sich wieder vom Boot. Der Wasserdämon hatte gerade damit begonnen, zu seinen anderen todbringenden Aufgaben zurückzufluten, als unter dem Stadion ein schallendes Knirschgeräusch erklang. Der Beton erbebte, und die Sportstätte wurde bis in ihre Grundfesten erschüttert. Wegen der Tumulte im Stadioninneren und der beiden tobenden Elementardämonen über ihm hatte der Plansch den dritten Dämon übersehen, der sich im Bootsrumpf versteckt gehalten hatte. Und zum ersten Mal seit Jahrzehnten machte der Wasserdämon sich Sorgen.

22. Kapitel

In höchster Not

Fünfzig Meter weiter tauchte Nate in die Tiefe und bekam Lilli mit den Fingerspitzen zu fassen. Dann, mit brennender Brust wegen des Sauerstoffmangels, begann er den langen Aufstieg zur Oberfläche. Über ihm konnte er ein schwaches Licht erkennen, aber es war zu weit entfernt, um es zu erreichen. Er hielt Lillis Hand. Sie würden jetzt sterben, dachte er, genauso wie seine Eltern gestorben waren. Zu guter Letzt hatte der Plansch ihn erwischt, und er hatte eine Freundin als Köder benutzt. Nate stieß den allerletzten Atemrest aus und wusste, dass ihm Wasser in die Lunge fließen würde, wenn er gleich verzweifelt versuchte, Luft zu schnappen. Und dann wäre der Dämon für immer in ihm. Er schlang die Arme um Lillis leblosen Leib, schloss die Augen und öffnete den Mund.

Zu seinem Erstaunen füllte ein Strom frischer Luft seine Lunge. Er riss die Augen auf. Eine lange Röhre aus Luft hing über ihm im Wasser herab, das untere Ende eine Blase, die seinen und Lillis Kopf umschloss. Die Röhre führte geradewegs nach oben, als hätte jemand einen Sauerstoffstachel herabgestoßen, wie der lange Stachel eines Moskitos, der dem Plansch ins Fleisch stach, um Lilli und ihn mit Luft zu versorgen.

»Flappy!«, japste Nate. Er schwamm mit neuem Elan, und auf dem Weg nach oben versorgte sein Winddämon-Gehilfe ihn mit lebenspendender Atemluft.

Der Plansch war noch abgelenkt wegen des plötzlich erschienenen Erddämons, und Flappys Luftstachel war so fein, dass der Wasserdämon ihn zunächst nicht bemerkte. Nate blieb genug Zeit, um nach oben zu gelangen, ehe der Plansch reagierte. Lilli und Nate erreichten gerade die Oberfläche, als der Wasserdämon Flappy aus sich herausschleuderte, sich in die Luft erhob und nach dem schwer fassbaren Körper des Winddämons schlug, während dieser himmelwärts stob.

Nate war völlig ausgepumpt. Er hatte keine Kraft, um noch gegen die Dämonen zu kämpfen. Er hatte die Kraft nie besessen. Ihm war nur gelungen, das Chaos, dem er begegnete, im Zaum zu halten, es zu *hüten*. Während er beobachtete, wie der Plansch wütend nach Flappy schlug, fiel ihm ein, wie der riesige Dämon vor dem Müllstrudel im Pazifik geflohen war. Nicht vor *ihm* – Nate. Nathaniel Grimlock war dem elementaren Chaos egal. Wahrscheinlich waren dem Dämon auch seine Eltern egal gewesen. Aber wenn Elementardämonen aufeinandertrafen, tobte das Chaos so lange, bis einer der Kontrahenten den Kampf für sich entschieden hatte. Die menschlichen Opfer waren Nebensache.

Während Nate im Wasser trieb, kam Kail unter dem

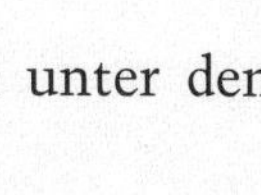

Spielfeld hervorgeschossen, brach durch die Stadionmauern und raste in Seattles Industriegebiet, pflügte durch den weichen Boden unter den Gebäuden und öffnete auf seinem Weg nach Süden einen immer breiter werdenden Graben. Hinter ihm stürzten Lagerhäuser ein. Straßen sackten in der Mitte zusammen und verschwanden dann vollends. Die Erde hob sich und erbebte.

Im Stadion wurde der Plansch ganz still. Sandy und Richie erstarrten auf der Tribüne, als unter ihnen plötzlich die Erde aufbrach. Kail riss das Spielfeld direkt unter dem Wasserdämon auseinander. Der Plansch geriet in Panik und versuchte die niedrige Mauer des Stadions zu erreichen, um in die Elliot Bay zurückzufluten, aber es war zu spät. Gegen die stärkste Kraft des Planeten – die Schwerkraft – kam er nicht an, und der von Kail verursachte Graben begann den rasenden Wasserdämon in die Tiefe zu saugen.

Nate wurde in dem Strudel, der dabei entstand, im Kreis herumgewirbelt, während der Plansch allmählich in den Graben abfloss. Zu erschöpft zum Schwimmen, hielt er Lilli einfach fest und versuchte ihren Kopf über Wasser zu halten. Nach einer Weile trieb er auf der linken Spielfeldseite auf eine der gelben Foul-Stangen zu, die hoch aus dem Wasser ragten. Mit letzter Kraft packte er sie und hielt sich fest.

Oben peitschte der Wind zwischen den glühenden Dachträgern, rüttelte am halb offenen Stadiondach, und triumphierende Lichtblitze schossen zum Wasser und zur nicht überdachten Tribüne hinab und ließen Nate zusammenzucken. Der Boden bebte nun nicht mehr, war aber so weit aufgerissen, dass es irreversibel war. Während die Fluten im Graben abflossen, ließ Nate sich an der Metallstange hinabgleiten. Plötzlich wurde sie von einem der Blitze getroffen. Einen Sekundenbruchteil bevor der tödliche Stromstoß durch die Stange raste, warnte Nates Instinkt ihn, dass Sparky noch einmal zuschlagen würde. Er ließ los und purzelte auf die unterste Sitzreihe.

Sparky raste durch die Stange, aber Nate hatte sie bereits losgelassen. Statt ihn und Lilli mit einem tödlichen Stromschlag zu treffen, verband Sparky sich direkt mit den zurückweichenden Wassermassen. Es gab auf der linken Spielfeldseite eine gewaltige Explosion aus Licht und Wasser, als der Plansch den törichten elektrischen Dämon in einem letzten gewalttätigen Akt vernichtete. Sparky leuchtete noch einmal grell auf und verlosch. Dann gab der Plansch sich der Schwerkraft geschlagen, die er nicht besiegen konnte.

Nate legte Lilli rücklings auf den Stufen ab und begann sofort mit der Mund-zu-Mund-Beatmung, worauf sie ihm einen dicken Wasserschwall ins Gesicht spuckte.

»Küsst du wieder ein anderes Mädchen?«, fragte Sandy und beugte sich über Nate. Sie hatte drei Stufen auf einmal genommen, als sie zu ihm und Lilli heruntergerannt war.

Nate schaute auf und sah, dass seine Freundin ihn anlächelte.

»Diesmal lasse ich es durchgehen«, sagte sie augenzwinkernd, dann bückte sie sich und half, die Wasser spuckende Lilli wiederzubeleben.

Richie kam zu ihnen herangehumpelt. Mit seinem gebrochenen Arm dauerte es eine Weile, bis er sie erreichte; er schnitt eine Grimasse.

»Hallo, alle miteinander«, sagte er, als er zu seinen Freunden trat. »Was gibt's Neues außer dem Erdbeben, das die ganze Stadt erschüttert?«

»Richie!«, sagte Nate. »Alles in Ordnung mit dir?«

»Alter, du hast mich auf einem führungslosen Boot sitzenlassen, ich bin in die Tribüne gerast und hab mir den Arm gebrochen. Noch Fragen?«

Richie biss sich auf die Lippe. Die Verletzung sah schmerzhaft aus, und Nate erkannte, dass sein dreizehnjähriger Lehrling versuchte tapfer zu sein.

»Tut mir leid.«

»Keine Sorge«, sagte Richie. »Ich mag dich trotzdem. Außerdem haben wir gewonnen!« Richie deutete auf den breiten Graben im Spielfeld.

Nate schaute um sich. Wasser suchte sich immer den niedrigsten Punkt, und so war der Plansch unweigerlich in den Graben abgeflossen wie Badewasser aus einer Wanne.

»Das war Wahnsinn, Mann«, sagte Richie. »Du hast gerade den größten Dämon des Planeten besiegt. Ich wette, so was hat's in der langen Dämonenhütergeschichte noch nie gegeben!«

Der Wind flaute ab, und Flappy kam herabgeflattert und setzte sich auf die Brause-Werbetafel neben seinen Gefährten Pernikus, der noch als giftgrüner Farbklecks an der Tafel klebte und sich langsam wieder zusammenfügte. Nikolai schob seinen verkohlten Kopf unsicher über die Bootsreling.

»Nik«, keuchte Nate, der zu erschöpft war, um seine Erleichterung zu zeigen. »Du bist am Leben.«

Die geschwärzte Knobelbox lag auf dem Spielfeld neben

dem Graben, in dem der Plansch abgeflossen war. Sandy deutete auf die Box, und Nate und Richie folgten ihrem Blick. Lilli setzte sich auf und schaute ebenfalls in die angewiesene Richtung.

»Oh, nein …«, stöhnte sie.

Ein pinkfarbener Lichtstrahl strömte aus dem Riss in der Metalloberfläche der Box. Er wölbte sich in weitem Bogen nach oben und malte einen breiten Pinselstrich an den Himmel. Erst war es nur ein einziger Farbton, dann waren es zwei, dann vier. Die Farben stiegen immer höher, bis sie sich vom Rand des Grabens über die ganze Stadt erstreckten.

»Ein Regenbogen«, sagte Sandy.

»Das ist Zoot«, sprach Lilli die ersten zusammenhängenden Worte, seit ihr Wasser in die Lunge geflossen war.

»Wie ist er da hochgekommen?«, fragte Richie.

Nate blickte zur Werbetafel, wo Pernikus noch dabei war, sich zusammenzufügen. Nates stürmischer Winddämon-Gehilfe war verschwunden. Nate schaute wieder zum Himmel auf.

»Flappy trägt ihn.«

23. *Kapitel*

Zu Hause

Nate kehrte mit Sandy, Lilli und Richie in sein Haus auf dem Queen-Anne-Hügel zurück. Seltsamerweise waren die Fluten der Elliot Bay kurz vor der Veranda zum Stillstand gekommen, ehe sie wieder zurückgeflossen waren. Unterhalb des Hügels war die gesamte Nachbarschaft überschwemmt worden, und zurückgeblieben waren nur die Betonfundamente und nackten Balkenwerke der Familienhäuser entlang der menschenleeren Straßen. Das alte Fachwerkhaus aber stand unbeschädigt auf der Hügelspitze neben Mr. Neebors Grundstück.

Als die vier die Straße hinauftrotteten, trat Neebor hinter seiner Gummireifenwand hervor und blieb wie immer an der Grenzlinie zwischen den beiden Grundstücken stehen, um nicht in die kniehohen Dornenbüsche in Nates Garten hineinzulaufen.

»Wie ich sehe, kehrt ihr zu Fuß zurück. Ich nehme an, es bedeutet, dass mein Abschleppwagen im Eimer ist?«

»Tut uns leid, Mr. Neebor«, sagte Nate.

Neebor winkte ab. »Ach, halb so schlimm. Die halbe Stadt ist im Eimer. Außerdem wäre der Wagen wegen des vielen Salzwassers, das überall gestanden hat, sowieso schnell verrostet.« Neebor hielt inne und betrachtete seine jungen Nachbarn von Kopf bis Fuß – sie waren pitschnass, zerzaust und völlig erschöpft. Richies Arm steckte in einer Schlinge. Neebor kratzte sich am kahlen Kopf. »Ist alles in Ordnung mit euch?«

»Wir sind am Leben«, sagte Richie.

Neebor nickte. »Ich nehme an, mehr kann man an einem Tag wie diesem nicht verlangen. Ein seltsamer, seltsamer Tag.«

Alle wandten sich um und blickten auf die Stadt hinab.

Noch immer floss Wasser durch die Straßen, und mindestens zwei Wolkenkratzer waren eingestürzt. An der Küste fuhren Dutzende von Booten hin und her, halfen bei den Rettungsaktionen. Das ununterbrochene Sirenengeheul klang wie ein Klagelied für die Toten. Auf der anderen Seite des Stadtzentrums konnte Nate das Glitzern der Sonne auf dem neuen See erkennen.

»Nicht zu glauben«, sagte Neebor. »Ein neuer See mitten in der Stadt. Seit seiner Entstehung muss die neue Bürgermeisterin ständig Interviews dazu geben.«

»Was?«, sagte Sandy und hob die Brauen. »Es gibt eine neue Bürgermeisterin?«

»Ja. Douglas musste zurücktreten. Anscheinend hat er eine Gruppe von Kindern für sich arbeiten lassen. Es hat niemanden gekümmert, solange sie nur bei den Aufräumarbeiten halfen. Aber die stellvertretende Bürgermeisterin hat der Presse verraten, dass Douglas die Kinder ins Safeco-

Field-Stadion geschickt hat, wo die Überschwemmungen besonders schlimm waren, und seither hat man von den Kindern nichts mehr gehört.«

»Eigenartig!«, sagte Nate.

»Ja. Sehr eigenartig«, sagte Neebor.

Lilli seufzte. »Celia Strange hat die Stadt übernommen.«

Richie verzog das Gesicht.

»Sie ist eine Lügnerin«, sagte Nate angewidert. »Douglas hat uns nicht …«

Lilli deutete mit einem Kopfnicken auf Neebor, um Nate daran zu erinnern, dass der alte Mann noch vor ihnen stand. Nate lächelte seinen Nachbarn schnell an.

»Danke für Ihre Hilfe während dieser Krise«, sagte Nate. »Wir wissen es wirklich zu schätzen.« Nate zögerte. Er und seine Freunde waren mit seinem Nachbarn nicht immer gut ausgekommen, aber trotz seiner brummigen Art schien er sie zu mögen. »Sie sind ein guter Mann«, fügte er hinzu.

Anscheinend wusste Neebor nicht, was er darauf entgegnen sollte, und wurde rot. Schließlich hob er einfach die Hand und salutierte vor ihnen. »Hört mal, ich muss los. Ich habe Teewasser aufgesetzt und will nicht, dass es überkocht.« Damit wandte der alte Mann sich um und verschwand hinter seiner Gummireifenbarrikade.

Pernikus kratzte mit einem Stock etwas Möwenkacke vom Boden und wollte sie Neebor hinterherwerfen, aber Nate drückte ihm die grüne Hand nach unten, um ihn davon abzuhalten, ihren Nachbarn zu ärgern.

Als Neebor verschwunden war, wandte sich Nate zu den anderen um. »Wir stecken in Schwierigkeiten.«

»Wie meinst du das?«, fragte Richie.

Nate legte seinem Lehrling eine Hand auf die Schulter. »Dies ist der Teil, wo man uns mit Mistgabeln aus der Stadt jagen könnte«, sagte er. »Wir können die neue Bürgermeisterin als Lügnerin bloßstellen. Deshalb könnte sie uns ans Leder wollen.«

»Aber wir haben doch die Stadt gerettet«, entgegnete Richie. »Und die fünf Arbeiter auch.«

Sandy schüttelte den Kopf. »Wir haben sie liegen lassen, als wir sahen, dass Hilfe kommt, und die Arbeiter waren gerade erst dabei aufzuwachen. Keiner kann bezeugen, dass wir sie gerettet haben.«

»Außerdem«, fügte Nate hinzu, »schau dir mal die Zerstörungen dort unten an. Die Stadt sieht nicht so aus, als hätte sie jemand *gerettet*. Celia Strange hat uns eingeschärft, in der Stadt keine Schäden anzurichten, aber indem ich Kail freiließ, damit er gegen den Plansch kämpft, habe ich das ganze Industriegebiet in einen Swimmingpool verwandelt.«

»Es war aber nicht deine Schuld«, sagte Lilli.

»Das spielt keine Rolle. Falls wir die Wahrheit erzählen, würde man uns als Spinner bezeichnen oder uns die Schuld an allem geben«, sagte Nate. »So ist es in der langen Geschichte der Dämonenhüter immer gewesen.«

»Celia Strange kennt nur unsere Vornamen«, sagte Sandy. »Und sie weiß nicht, wo wir wohnen.«

»Was sollen wir also tun?«, fragte Richie.

»Ich weiß es nicht«, erwiderte Nate. »Vielleicht Seattle verlassen. »Ich weiß sowieso nicht, ob ich noch in dem leeren Haus wohnen möchte, das ich eigenhändig zerstört habe.«

Nate stieg die Veranda hoch. In der Erwartung, das Haus als Trümmerfeld vorzufinden, öffnete er die behelfsmäßige Tür und ging hinein. Richie, Lilli und Sandy folgten ihm. Nik und Pernikus flitzten ihnen hinterher.

Als Nate die Eingangshalle betrat, blieb er wie angewurzelt stehen und traute seinen Augen nicht.

Die Wände waren frisch verspachtelt und strahlten hellblau. Das reparierte Treppengeländer leuchtete in einem dunklen Rotton, der zum oberen Treppenabsatz hin in Rosa überging. Die Decke glich einen Nachthimmel, der so echt aussah, dass Nate zuerst glaubte, das Dach sei verschwunden. An einer Wand hing ein riesiges Gemälde mit fremdartigen Geschöpfen, das aussah wie ein Zimmer voller Dämonen. Und ein großes, vom Dämonenfresser in die Wand geschlagenes Loch wirkte, als würde sich ein Babydrache hindurchzwängen, als wäre das dunkle Loch eine beim Schlüpfen aufgeplatzte Eierschale.

»Das habt alles ihr gemacht?«

»Klar«, sagte Richie. »Nun, das meiste waren Lilli und Zoot, aber Sandy und ich haben geholfen.«

Nikolai bewunderte die Farben, dann schaute er traurig an seinem verbrannten Fell hinab. Sein blauer Schimmer war verschwunden, die dichte Behaarung zu fransigen, versengten Büscheln reduziert. Er sah aus wie ein zotteliger schwarzer Teddybär, ganz und gar nicht dämonisch.

Lilli betrachtete den kleinen Muskelprotz. Sie machte eine Handbewegung, und Zoot sprang von ihrer Schulter. Nik musterte den kugelrunden Hilfsdämon argwöhnisch. Nach einem ganzen Tag voller böser Überraschungen war er nicht in Stimmung für irgendwelchen Klamauk, und als Zoot seinen Dreizack auf Niks breite Brust richtete, wäre Nik ihm fast an die Gurgel gegangen. Aber sobald der Dreizack sein Fell berührte, fluteten bunte Farben über ihn hinweg. Nik stand reglos da, und Zoot malte ihn an, schwenkte den Dreizack von einer Seite zur anderen. Am Ende schimmerte Niks ramponiertes Fell in einem Dutzend Blautönen, die wie gebatikt ineinander übergingen. Er stapfte zum zersprungenen Wandspiegel, der noch am Eingang hing. Das poppige Muster war nicht sein Stil, aber er nickte zufrieden – es war besser als das rußige Schwarz, und er sah nicht mehr aus wie ein ausgestopftes Kinderspielzeug.

Nate schlenderte durchs Haus, bewunderte eine Malerei nach der anderen; hinter jeder Ecke erwartete ihn eine neue Überraschung. Es gab Darstellungen von Lillis Bus und vom Fremont Troll, darüber hinaus zierten die kunstvollsten der Graffiti aus Belltown die Wände. Das Haus war genauso farbenprächtig und lebendig wie in der Zeit vor der Freilassung der Dämonen. Im Speisezimmer bedeckte ein Abbild des verblichenen Klauenfußtisches eine ganze Wand, so dass es aussah, als grenze dort ein Zimmer an.

Und als er ins Arbeitszimmer ging, spürte Nate, wie ihm eine einzelne Träne ins Auge trat.

Dutzende von Dämonen wuselten auf einem mit angeklebten Kaugummis übersäten Bibliothekstisch herum. Es gab zappelige Stühle mit Wasserschaden, drei Lampen, die sich nervös in einer Ecke drängten, eine kleine Gruppe rissiger, mit Pflastern bedeckter Gartenzwerge, die vorsichtig ihre Verletzungen betasteten, vertriebene Quietscher und

Seufzer, den verlorenen Geruch des Dachbodens und vieles mehr. Selbst die beiden Masken standen in der Ecke.

»Hey, guck mal, wer da kommt«, rief die Eisenmaske.

Die Holzmaske verzog das Gesicht. »Nate, ich muss darauf bestehen, dass du uns diesmal in verschiedenen Stockwerken aufhängst. Jetzt ist ja genug Platz.«

Nate wunderte sich über die Vielzahl der Dämonen, die seine Gefährten in seiner Abwesenheit eingefangen hatten.

»So viele sind es gar nicht«, sagte Lilli. »Aber es ist ein Anfang.«

»Und wir sind froh, dass du nicht tot bist«, fügte Richie hinzu und klopfte Nate auf den Rücken.

Nate wusste nicht, was er sagen sollte. Schließlich nickte er. »Ich auch.«

»Willkommen zu Hause, Mann.«

Der Rest der Bande wartete auf seine Reaktion.

»Wie fühlst du dich?«, fragte Sandy.

»Müde«, sagte Nate. Er konnte nicht verhindern, dass ein Grinsen über seine erschöpften Züge huschte. »Aber ich schätze, in ein paar Tagen werde ich wieder damit beginnen, Dämonen zu fangen.«

Seine drei Freunde stießen einen Jubelschrei aus. Und obwohl die Dämonen nicht wussten, worüber die Menschen sich freuten, begannen sie wild herumzuspringen, Unsinn zu brabbeln und eklige Gerüche zu produzieren.

Nate verließ das chaotische Treiben im Erdgeschoss und ging nach oben in sein Zimmer, das er kunterbunt angemalt vorfand; die Farben sahen chaotisch aus und gleichzeitig perfekt durchdacht. Er zog die Schuhe aus und legte sich aufs Bett.

Nachdem er halb Seattle zerstört, den Zorn des Ozeans überlebt und die Stadt dann doch noch vor dem Untergang bewahrt hatte, war er in der Tat erschöpft. In Südseattle gab es einen neuen, drei Kilometer langen und zweihundert Meter breiten See, von dem niemand wusste, wie tief er war. Der Plansch saß in der Falle, und er selbst konnte sich endlich ausruhen. Nate schaute auf ein Foto von sich und seinen Eltern, lächelte und schloss die Augen.

Das grüne Kissen auf dem Bett zuckte und blähte sich auf, als Pernikus seine normale Koboldgestalt annahm. Auf der anderen Seite des Betts hüpfte Nik auf den Nachttisch, schwankte ein wenig und ließ sich dann neben ihnen auf die Matratze fallen. Eine sanfte Brise wehte ins Schlafzimmer und kreiste mit einem beruhigenden Summen unter der Decke.

Nate öffnete nicht die Augen, sondern drehte sich einfach um, legte einen Arm über seinen giftgrünen Hauskobold und den anderen über seinen pelzigen blauen Gehilfen und spürte die kühle Brise von Flappys Flügelschlägen im Gesicht; kurz darauf schlief er ein.

Epilog

Nate erwachte spät und war verblüfft, am Leben zu sein und den Sonnenschein durchs Fenster strömen zu sehen. Er zog sich an, putzte sich die Zähne und ging nach unten. Er traf Sandy lesend und Lilli malend im Wohnzimmer an. Richie war eifrig damit beschäftigt, einen großen Fernseher einzustellen, den er noch nie gesehen hatte. Nate neigte verwirrt den Kopf zur Seite.

»Wo hast du den her?«

»Stand einfach auf der Straße rum, ich schwör's.« Er erwartete, dass Nate ihn ausschimpfen würde, so wie Sandy.

»Oh«, sagte Nate und setzte sich zu ihm. »Cool. Was läuft denn?«

Richie strahlte und streckte Sandy die Zunge raus. »Das weiß man vorher nie genau«, sagte er und schaltete durch die Kanäle. »Wir haben ja keinen Kabelanschluss, aber irgendwie empfängt das Ding trotzdem alle möglichen Kanäle. Neulich hab ich den Zombie-Kanal reinbekommen.«

»Stopp. Schalt zurück!«, sagte Nate plötzlich.

Richie tat wie geheißen. »Warum? Das Bild ist unscharf. Außerdem sieht's aus wie Nachrichten. Langweilig.«

Der Reporter interviewte eine junge Frau, deren Gesicht Nate nicht richtig erkannte. Allerdings konnte er am unteren Bildrand die Schlagzeile der Meldung entziffern. »Plastikinsel im Pazifik entdeckt.«

»Stell das Bild scharf! Nun mach schon! Beeil dich!«

Richie fummelte an den Knöpfen herum. Das Bild wurde nicht besser, aber dann wandte die junge Frau sich zur Kamera um, so dass man ihr Gesicht von nahem sah; die drei Freunde blickten erstaunt, als Nate vor Freude einen Luftsprung machte.

»Carma!«

Nate landete mit einem breiten Grinsen im Gesicht, dann wandte er sich um und sah, dass Lilli und Sandy ihn stirnrunzelnd anstarrten. Sein Lächeln verflog.

Sandy deutete auf Carma, die mit frisch gewaschenen Haaren und in anderer Kleidung als einem Plastikkittel ziemlich hübsch aussah. »Das ist also deine Inselbekanntschaft, die nicht deine Freundin war?«, fragte Sandy.

»Hmm, ja«, sagte Nate. »Ich freue mich nur, weil sie überlebt hat. Wahrscheinlich werde ich sie niemals wiedersehen.«

In selben Moment klingelte das Telefon.

Sandy war dem Apparat am nächsten. »Komisch«, sagte sie.

»Stimmt«, pflichtete Richie ihr bei. »Der Einzige, der hier jemals anruft, bist du.«

»Wir haben die Nummer doch nie herausgegeben, oder?«, fügte Lilli hinzu.

Nate zuckte mit den Schultern.

Sandy nahm den Hörer ab. »Hallo?«

Alle starrten Sandy an, während sie schmallippig nickte.

»Ähm, Nate«, sagte Sandy, »es ist deine Inselbekanntschaft, die nicht deine Freundin war. Sie sagt, sie sei dir etwas schuldig, und sie ist auf dem Weg hierher, um es dir zu geben.« Sandy kniff die Augen zusammen, und Lilli legte ihren Pinsel nieder.

Nate blickte um sich. Er bemerkte die zerbeulte Knobelbox auf dem Couchtisch. »Wisst ihr, ich glaube, ich beginne früher als gedacht wieder mit dem Dämonenfangen«, verkündete er. »Ich schätze, Seattle braucht dringend meine Hilfe. Sagt ihr, ich sei wahnsinnig beschäftigt.«

Damit klaubte Nate die Knobelbox auf und eilte zur Haustür. »Nik! Pernikus! Flappy! Kommt runter. Wir sind wieder im Dämonenfängergeschäft ... Es geht sofort los!«